書下ろし

金四郎の妻ですが3

神楽坂 淳

祥伝社文庫

目次

序 7
第一章 14
第二章 49
第三章 90
第四章 150
第五章 175
第六章 206
第七章 240
終章 264

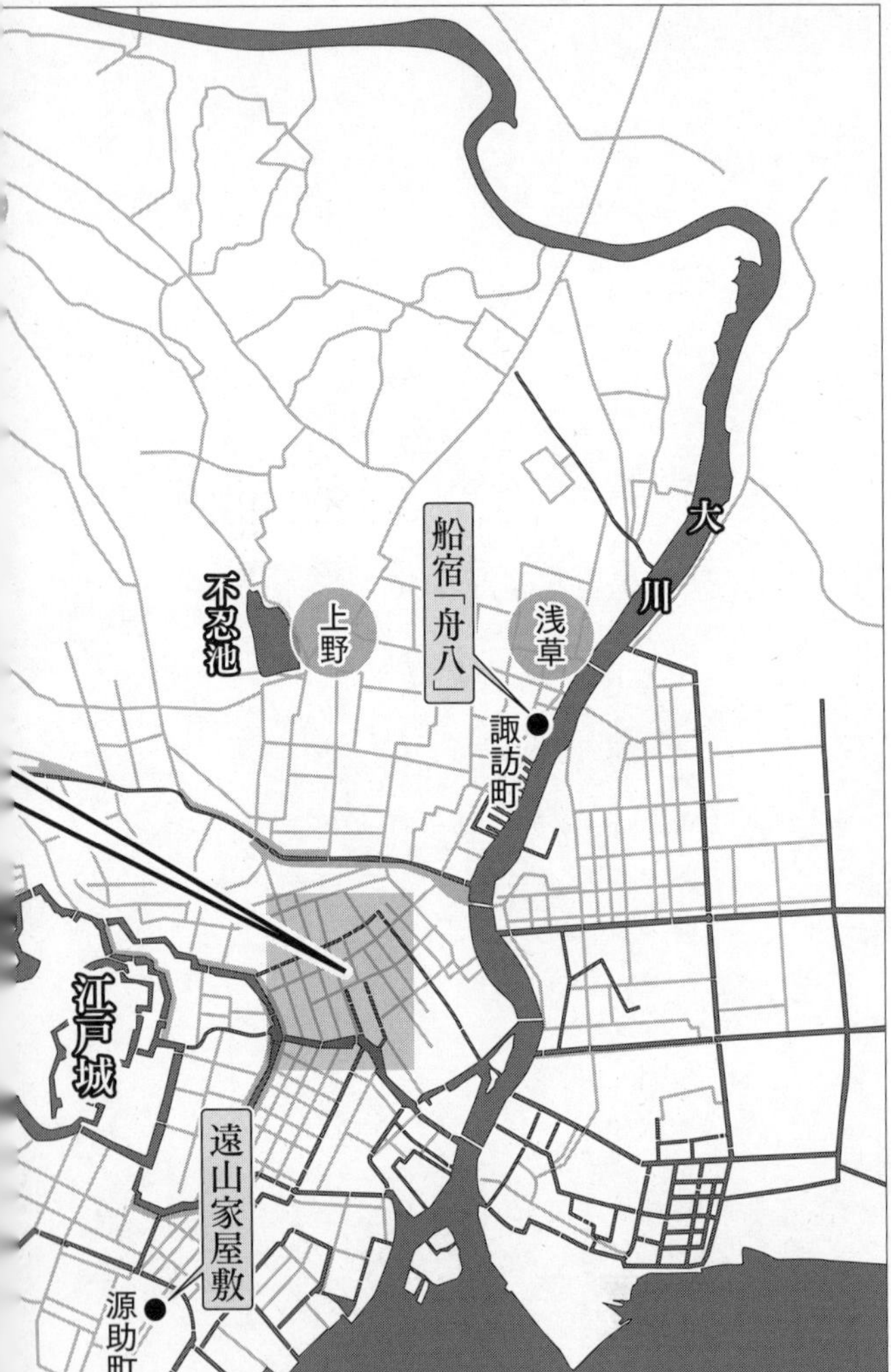
大川
船宿「舟八」
浅草
上野
不忍池
諏訪町
江戸城
遠山家屋敷
源助町

『金四郎の妻ですが3』の舞台

地図作成／三潮社

序

「どうなのだ」

父親の堀田《ほった》一定《かずさだ》が重々しい声で言った。

「押しかけ女房見習いとして過ごしております」

けいは両手をつくと頭を下げた。

「見習いとは何だ」

「名前の通りです」

けいが言うと、一定は目を剝《む》いてけいを見た。

「つまり、金四郎《きんしろう》殿に認められておらぬということだな」

「申し訳ございません」

「いや。お前が謝ることではない。これはわしの落ち度であろう」

娘に謝るなどということは滅多《めった》にない一定が神妙な顔つきになった。

「もう少し頑張ってみます」

けいが答えると、一定が首を横に振った。

「もうよい。金四郎殿はお前には荷が重かったのだ」

「と、申されますと？」

「戻って参れ。もう少しお前と釣り合った男との縁談を進めよう」

一定が言う。その表情からはまったく冗談の気配が見られない。

けいは、体の血がすっと引いていくのを感じた。

「金四郎様とは上手《うま》くやっております」

「ではなぜ見習いなのだ。金四郎殿がお前を気遣《きづか》って側《そば》に置いてくれているだけだろう」

「そんなことはございません」

「ではなぜなのだ」

「それは……」

けいが思わず顔を伏せた。金四郎に嫌われているとは思わない。しかし、妻としては至らないところがあるから、まだ見習いの身なのかもしれない。

「お前も思い当たる節があるのだろう。帰ってこい」

「嫌でございます」

けいはきっぱりと断った。

「なんだと？」

「勝手に嫁《とつ》げと言って送り出しておいて、気が変わったから戻れなどとは、父上といえどあまりの仕打ちでございましょう」

「しかし、お前のためだ」

「ちっともわたくしのためではございません」

けいがきっぱりと言う。

「言葉だけでは信用できぬ。正式とは言わぬ。けいを押しかけ女房として認めると一筆認《したた》めてもらうがよい。一月《ひとつき》以内に持ってくれば認めよう」

一月というのは短すぎる気がして、けいは思わず怯《ひる》む。

「威勢がいいのが口先だけならば、今のうちに頭を下げよ。できると言ってできぬのであれば、戻り次第、他の男との縁談を進める」

「それは……」

「自信がないのであろう。無理をするな」

「自信はあります」

けいは思わず言ったが、実のところまったくない。しかし、どうしてもここで引き下がるわけにはいかない。

「では、父との勝負ということで良いのだな」

「わたくしが勝ったなら、いかがされますか」

「なんでもひとつ、言うことを聞こうではないか」

「その言葉、お忘れなきよう」

けいは威勢よく言うと、堀田家を辞したのだった。


梅雨《つゆ》が明けていよいよ夏になると、諏訪町《すわちよう》の路上に酔っ払いがごろごろ転がる季節の到来である。

去年は怖くて歩くこともできなかった道だ。しかし今では、堅苦しい武家屋敷の通りよりもこの路上の方が歩きやすいとすら思うようになっている。

すっかり町娘としてこの町に馴染《なじ》み、順調に金四郎の妻としての修業を積んでいる自分を感じた。

だが、金四郎に対しては、少々詰めが甘かったと反省すべき時分だろう。父の一定との勝負ということなら、やる気にも火がつくというものだ。

道に転がっている酔っ払いに向かって大きく声をかける。

「どいてください。歩けません」

けいの声を聞くと、男たちがのろのろと場所を開けてくれる。それをゆっくり待っていると、後ろから凜《りん》とした声がした。

「そんな態度だと、うちの店に来たとき食事を運ぶのやめますよ」

けいのおつきの女中、彩《あや》の声だ。

その瞬間、夜逃げでもするかのような勢いで男たちが立ち上がって道を開ける。

「道が開きましたよ、お嬢様」

「ありがとう、彩」

彩の声は優しい。男たちにかける声とは全然違った。

「お帰りなさいませ」

「どうしてあそこにいたの？」

「そろそろお帰りの頃だと思って、屋台で食事をしていました」

どうやら、けいのことを待っていたらしい。

「ところでお嬢様、なにかあったのですね」

彩が決めつけるように言う。

「どうしてそう思うの？」

「お嬢様の足取りが必要以上に元気でした。お父様と何か無茶な約束でもしてこられたのではありませんか」

さすがに彩はよく見ている。

人が割れて歩きやすくなった道を「舟八《ふなはち》」の方に歩きながら、けいは口を開いた。浅草《あさくさ》の諏訪町にある舟八は、けいが金四郎と住んでいる船宿である。

「実は一月で正式な押しかけ女房にならないと、別の男と縁談を組まれてしまいそうなのです」

「それはいけませんね。さっさと腹を決めろとあの男に言いましょう」

「それは卑怯だと思うのです。きちんと心を摑《つか》まないと、だめでしょう？」

「お嬢様がそうおっしゃるなら、一直線に落としましょう」

彩が自信たっぷりに言った。

「そんなことできるの？」

けいは思わず前のめりになる。

「もちろんです。おまかせください」

彩は楽しそうに笑った。

その笑顔を見て、けいはようやく安心した。彩がいれば百人力だ。いける。

けいは心の中で拳を握りしめる。そして改めて思った。

一月でけりをつけて、きちんと押しかけ女房になろう、と。

第一章

かろん、と下駄《げた》の音がした。

そしてちゃらちゃらと雪駄《せった》の音がする。

なかなかいい具合に唱和していて、まさに夫婦《めおと》のようだ。

いや、ようだではない。このまま夫婦になるという予兆に違いない。

けいは心の中で自分を励ますと、金四郎の方を見た。

「どうしたんでい」

金四郎がけいを見返す。

「金さんが王子《おうじ》に誘ってくれるなんて嬉《うれ》しいと思ってるんです」

「暑いからな。滝浴《たきあ》みもいいかと思ったんだ」

「大賛成です」

けいは力を込めて頷《うなず》いた。

滝浴み。文字通り滝を浴びることだ。江戸にはなかなかいい滝はないが、王子には十三もの滝がある。

昨日の夜になって、金四郎に突然誘われたのだった。

もちろん、けいに否《いな》やはない。滝浴みといえば男は褌《ふんどし》だけ、女は浴衣《ゆかた》という出《い》で立《た》ちで滝に打たれるものだ。

夫婦になる予定でもなければ、男女が連れだって行くようなところではない。

つまり実質、求婚。けいの心がついに金四郎に通じたのではないか。

そう思うと、けいの足取りは軽くなる。

じわっ、じわっと蟬《せみ》の声がする。

蟬も辺りの空気も、けいを応援してくれているような気がした。

浴衣を着ているので、さわさわと吹く風で涼をとることができる。浴衣で外を歩けるのは町娘ならではで、武家暮らしではとてもそういうはしたないことはできない。

慣れてしまうと、もう夏場に着物に戻るのは難しそうに思えた。紺色の地に白く百合《ゆり》を染め抜いた浴衣を選んだのは、木の生《お》い茂る場所では紺色の浴衣が重宝するからだ。

白い方が涼味はあるのだが、紺色の方は虫よけになる。染料に蓼《たで》が使われているためだ。

けいは、金四郎の隣をゆっくりと歩いていた。桐《きり》の右近《うこん》下駄で足元も軽い。浴衣にはやはり下駄が合う。

かろん、と音を鳴らしながら、右手で金四郎の袖《そで》を摑《つか》んで歩く。

「王子に行くのですね」

嬉しくて、何度も口にしてしまう。

「ああ。王子にはいい滝が多いらしいぜ」

金四郎が楽しそうに返してくれる。

「金さんが誘ってくれて嬉しいです」

金四郎は、なかなか遊びには誘ってくれない。いつもけいの方から誘って付き合わせている感じがある。

「そうかい。嬉しいかい」

金四郎は返事をしたが、なにか考え込んでいるような表情である。

「なにか心配事でもあるのですか?」

「あー。いや、なんていうかさ。最近ちょっと、王子でごたごたがあってな」

「ごたごたですか？」

「うん。泥棒がいるんだ。小吉《こきち》がやられちまった」

「それは心配ですね」

「ああ。だから様子を見ようと思って」

　金四郎は歩きながら腕組みをした。

　小吉は紙漉町《かみすきちょう》のみゆき長屋に住む紙すき職人だ。同じ長屋の留吉《とめきち》、増吉《ますきち》とともに金四郎のことを兄貴と慕っている。気のいい連中なのだが、事件に巻き込まれるのが得意という困ったところがある。

　金四郎としては、小吉の金を盗んだ泥棒を捕まえたいというところだろうか。

　すると、金四郎の誘いは泥棒のことを調べるための口実ということになる。

「それは出かけるのはわたくしとでなくてもいいけれど、お情けで誘ってくださったということですか？」

「そんなことじゃねえよ。おけいと出かけたいと思ったのは本当だ」

　どうやらそこは嘘《うそ》ではないらしい。つまり嫌いではないということだ。けいと同じように好きかどうかはわからないが、けいをもっと好きになる余地は十分にあるということだろう。

「わたくしでなくては嫌だったのですか？」

一応念を押す。

「そうだな。おけいがいいと思ったよ」

金四郎が顔を背《そむ》けた。どうやら照れているらしい。

「ところで、泥棒ってどうしたんですか？」

「脱いだ着物を放っといたら、やられたらしい」

「脱いだ着物？」

「褌一丁で滝を浴びてたら、その隙《すき》に持ってかれたんだってよ」

なるほど。不用意に服を脱ぎ捨てたところを狙《ねら》われたのだろう。

江戸っ子はあまり人を疑わないから、適当に着物を脱ぎ散らかしてしまう。泥棒にとってはいいカモだ。さらに王子であれば奉行所の管轄ではないから、盗みもやりやすい。

「どうやって捕まえるのですか？」

「なにも考えてねえよ。行けばなにかわかるだろう」

どうやら金四郎は出たとこ勝負のようだった。

「もし滝浴みの客を狙うなら、毎年夏に同じことが起きているのではないですか？　それとも、今年たまたま起きているのです？」

「そういやそうだな。今回たまたま小吉が当たったってことか」

金四郎が肩をすくめる。

「わたくしとしては金さんと王子に行けるなら、なんでもいいんですけどね」

「そうだな。王子も久しぶりだ。天ぷらのとき以来か」

以前、王子の天ぷら屋と料理勝負をしたことがある。手練《てだ》れを相手になんとか勝ちを拾ったのは、今となってはいい思い出になっている。なんといっても、金四郎と夫婦のように力を合わせて得た勝利である。

またああいう事件が起こればいいのに、と不謹慎なことすら考えてしまう。

歩いていると、天ぷら騒動のときに立ち寄った団子《だんご》屋が目に入った。寄っていくのかと思いきや、金四郎は無視して歩いていく。

「今日は暑いからさ。蕎麦《そば》にしようぜ」

どうやら金四郎は腹が減っているらしい。

金四郎は、仁王門前町《におうもんぜんちょう》の方に歩いていく。不忍池《しのばずのいけ》の目の前にあるのが仁王門前町で、不忍池を見渡しながら食事をすることができる。

ただし、それは陽《ひ》の射している間だけで、夕方になると池から一斉に蚊《か》が上がってくるから、迂闊《うかつ》に歩くと大変なことになる。

蕎麦屋も夕方になると蚊帳《かや》を出して席にかぶせる。それでも、蚊が蚊帳にぱちぱちと当たって落ちつかないから、このへんは昼のほうが繁盛《はんじょう》する。

無極《むきょく》蕎麦という看板の店に入ると、店の親父が声をかけてきた。

「昼だけど蚊帳はいるかい?」

「お願いします」

けいは思わず頭を下げる。蚊帳があるとほっとする。

席にしつらえてある蚊帳をくぐって席につく。

「福神漬けをくれ。酒もだ」

金四郎が慣れた口調で言った。

「福神漬けとはなんですか?」

けいは思わず聞いた。

「ここは不忍池のそばだろう。七福神が祀《まつ》られてるからな。それにあやかって福神漬けっていう漬物があるんだよ」

「面白い名前ですね」

「おう。大根や茄子《なす》、蓮根《れんこん》や胡瓜《きゅうり》なんかを刻んで、醤油《しょうゆ》とみりんで漬けてるんだ。七福神にちなんで、七種類の野菜を使っているから福神漬け。こいつで酒を飲むとなかなか乙《おつ》なんだぜ」

しばらくすると、酒と福神漬けが運ばれてきた。

「いい香りですね」

思わず言う。福神漬けには辛子《からし》が添えてある。

金四郎がけいの目の前に福神漬けの皿と酒の入った猪口《ちょこ》を置いた。

「まあ、やってみな」

言われるままに一口食べてみる。大根と蓮根の食感が心地よい。辛子のぴりりとした味とよく合っている。

そこへ酒に口をつける。福神漬けの甘味が酒の味を引き立てている。これは燗《かん》よりも冷やした酒の方が合う気がする。

「どうでえ」

「確かに美味《おい》しいです。でも、飲みすぎてしまいそうですね」

「まったくその通りだな。一本だけにしておくさ」

金四郎は行儀悪く徳利《とっくり》に口をつけて、残った酒をくいっと呷《あお》った。徳利を振って、中に酒が残っていないことを確かめる。

そういうところはいかにも下町の兄貴という風情《ふぜい》である。

「弁天《べんてん》蕎麦をくんな」

金四郎がさらに注文する。

「それはなんですか?」

「蕎麦も七福神にちなんだものを出してるのさ」

「では、わたくしもそれにします」

金四郎と同じものを頼む。

しばらくすると、蕎麦が運ばれてきた。蕎麦はもり蕎麦で、脇に乾燥した橙《だいだい》色《いろ》の実が添えられている。

「これはなんですか」

「枇杷《びわ》さ。旬のときは生なんだが、いまは季節外《はず》れだから干したものを添えてあるんだ」

どうやら、弁財天《べんざいてん》が琵琶《びわ》を持っているのに掛けたらしい。

「こいつは蕎麦を食ってる途中でかじるんだぜ」

言いながら、金四郎は蕎麦を啜《すす》って胃の中に収めていく。

けいもつられて蕎麦を口に入れる。思ったよりもずっと、つゆが塩辛い。しかし、汗ばんだ体にその塩辛さがなんとも心地よかった。

干した枇杷も、つゆにつけて食べると丁度良い甘さになった。

「これはすごく美味しいですね」

けいは思わず声を上げた。

「そうだろう。こいつはこの辺りでも評判がいいんだ」

金四郎が嬉しそうに言う。

「金さんは何度もここに足を運んでいるのですか？」

尋ねると、金四郎は軽く頷いた。

「そうは言ってもまだ二、三回ってところだ。でも結構気に入ってるから、また来るさ」

「その気持ちはわかります」

美味しいだけでなく、するすると気持ちよく胃の中に収まっていく。気が付くとすっかり食べ終わっていた。

「じゃあそろそろ行こうか」

金四郎はそう言うと、さっと立ち上がった。慣れた手つきで台の上にぽん、と四十文《もん》を置く。店主の返事も待たずにぱっと店の外に出る。

「ご馳走《ちそう》様でした。美味しかったです」

店主に声をかけると、けいは慌《あわ》てて金四郎の後を追った。店から出るのは早かったが、けいを置いて歩き出すようなことはせず、店の前でちゃんと待ってくれている。

「じゃあ、さっさと王子に行こうぜ」

金四郎は先に立って歩き出した。すぐに思い出したように後ろを振り返って、けいの方に右手を差し伸べた。

金四郎の手はけいよりも温かい。冬でも夏でもそれは一緒だった。少しゆっくりめに歩くと、金四郎に引っぱられて体が動く。

引っぱられていく感じが気持ちいいから歩みが遅くなるのだ。

「早く歩きすぎか?」

「大丈夫です」

そう言われたときは歩調を速くするが、しばらくするとやはり少し緩める。

並んだり引っぱられたりしながら進んでいくだけで、なんだかどきどきする。

「本当に大丈夫か?」

不意に、金四郎が顔をのぞき込んできた。

「なんでもないですよ」

突然のぞき込まれて思わず声が裏返った。

「いきなり顔を近づけないでください」

心の準備がないと、びっくりしてしまう。

「顔が少し赤いぞ。風邪《かぜ》でもひいたのか？」

「蕎麦のせいですよ。それとお酒」

「そうか」

金四郎は納得したようで、ふたたび歩き出した。

驚いた。そう思いつつ、寄り添うようにして歩調を速めた。

塩辛い蕎麦を食べたせいか、汗をかいてもあまり疲れた感じはしない。元気よくついていけるのは、弁財天のご利益《りやく》かもしれなかった。

王子までは一刻《いっとき》（約二時間）もかからないので、昼になる前に着くことができた。到着してみると王子は人で溢《あふ》れ返っていた。

ずぶ濡《ぬ》れで歩いている連中が随分いる。どうやら、着物のまま滝に打たれたらしい。男はもちろん、ずぶ濡れの浴衣を着た女もかなりいる。今日は暑いから、あっという間に浴衣は乾いてしまうだろう。

濡れた浴衣は乾く際に体の熱を奪っていく。今日みたいな日は、その心地よさがずぶ濡れの気持ち悪さに勝《まさ》る。

「わたくしも早く滝に打たれてみたいです」

けいがそう言うと、金四郎は右手で顎《あご》を撫《な》でた。

「王子にはいい滝が十三もあるからな。どの滝に打たれようか迷ってしまうぜ」

金四郎が迷っていると、不意に後ろから声がした。

「あ。金さん」

振り返ると、増吉だった。留吉と小吉もいる。

「今日は一人じゃなくて、おけいちゃんとなんだね」

小吉が言った。

「みなさんはどうしてここにいらしたのですか」

「この間、ここで金を盗まれちゃってさ。悔《くや》しいから取り返しにきたんだ」

「犯人を見たのですか？」

「見てねえな」

「ではどうやって取り返すのですか」

けいに言われて、三人は顔を見合わせた。

留吉がけいの方を見つめる。

「どうやったらいいと思う？」

やはり何も考えていなかったのか、とけいは肩を落とす。三人とも行動は素早いが、何も考えていないことが多い。

「お前らな、少しは頭を使ったらどうなんだ」

金四郎が呆《あき》れたように言う。

「だって俺たちって手と体を使う仕事だからよ。頭はからっきしなんだ」

「泥棒のほうは、留吉さんたちの顔を憶えているのかしら」

「どうでしょう。滝を浴びてる最中ですからね。見てもいないでしょう」

「だとすると、また狙われるかもしれないですね」

「そういやそうだなあ」

増吉が感心したように言う。

「感心すんな。もう一回盗まれたらどうしたらいいんだよ。金がなくなっちまうぜ」

留吉が真剣に言った。

「落ち着けよ、お前ら。着物を見張っておいて、犯人が現れたら捕まえればいいだろう」

「確かにそうだ。金さんは頭がいいな」

「じゃあ頑張れよ」

そう言うと、金四郎はけいの手を引っぱった。そのまま三人から離れてしまう。

「いいのですか」

「いいんだよ。あいつらのことだからさ。脱いだ着物の前で泥棒を見張ってて、とうとう来なかったってのがオチだろうよ」

金四郎の言葉に、けいは思わず笑ってしまった。確かにありそうなことだ。

「とりあえず滝に行こうぜ。どれがいいかな」

「どうせなら一番大きな滝に打たれましょうよ」

けいが言うと、金四郎は大きく目を見開いた。

「大きい滝は勢いも強いぜ」

「そのくらいの方が気持ちいいではないですか」

「じゃあ俺の手をしっかり握っとくんだぜ」

金四郎が真顔で言う。

滝に着いてみると、大きな滝は確かに勢いがいい。迂闊に打たれると、そのまま滝つぼに落ちてしまいそうだ。

さすがにこれは少々怖い。

「この滝は少し大きすぎるかもしれませんね」

自分から言っておいてなんだが、引き返したくなった。

「もう少し小ぶりの滝の方が安心できると思うぜ」

金四郎も少しためらいを見せる。

結局、二人はやや大きめといった程度の滝の前に来た。同じことを考える人が多いらしく、辺りは滝に打たれる連中でごった返していた。

あたりには水の匂いと、なにかを焼く香ばしい匂いに満ちていた。

滝の周りには数多くの屋台が出ていて、集まった人々も、滝に打たれに来たのか酒を飲みに来たのか、もはやわからないというありさまだ。

「あとで飲もうぜ」

金四郎も屋台の方に興味《きょうみ》津々《しんしん》という様子だ。

「主役は滝ですよ」

けいが言うと、金四郎が楽しそうに笑った。

「じゃあ、いっちょ打たれるか」

金四郎が着物を脱ぎ捨て褌姿になる。贅肉《ぜいにく》のまったくない体に、髑髏《どくろ》と桜《さくら》吹雪《ふぶき》の刺青《いれずみ》が花を添えていた。

けいも滝の中に足を踏み入れた。紺色の浴衣でよかった、と思う。これが白い浴衣だったら、透《す》けるのを気にして滝浴みができなかったかもしれない。

滝の真下に来ると、まさに上から大量の水が降ってきた。痛いというのが正直な感想だ。両足で踏ん張らないと体が水に持っていかれそうだ。

思わず金四郎にしがみついた。金四郎はけいの肩に手を回して支えてくれる。体中に打ちつける水を受け入れると、夏の暑さが全部吹き飛ぶほど、ひんやりする。

爽快感が上から降ってくるとでも言うのだろうか。しかし、しばらく打たれていると、涼しさを通り越して寒くなった。

「これ以上打たれると、風邪引いちまうな」

金四郎はそう言うと、けいの手を引っ張って滝から出た。

「ちょっと一杯飲もうぜ」

滝にはもう飽きたらしく、金四郎の頭の中は酒でいっぱいのようだ。確かにせっかく王子まで来たのだから、酒の一杯でも飲まないともったいないと言えば、もったいない。

王子は料理屋でできているような町だから、来たからには何かしら食べて帰りたくなるのもわかる。まずい店はすぐに潰《つぶ》れてしまうので、結果として王子は屋台の一軒に至るまでどこも味がいい。

「鯰《なまず》を食べて行かないか」

金四郎が楽しそうに言う。

「鯰って食べられるんですか」

けいは思わず聞き返した。そもそも、けいは鯰を見たことがない。堀田家の食卓に鯰が出ることはなかった。何か理由があるのか、けいにはわからない。ただ単純に出たことがない。

「あれでなかなか美味《うま》いんだぜ」

金四郎はそう言うと、けいの手を取り、屋台の前まで引っぱっていく。

「へい、らっしゃい」

屋台の店主が元気よく声をかけてきた。

「蒲焼《かば》きかい？　味噌焼《みそ》きかい？」

「一つずつくんな」

金四郎は慣れた様子で注文する。しばらくすると、串刺しの鯰が手渡された。

金四郎には蒲焼き、けいには味噌焼きである。

味噌の良い香りが、けいの鼻腔《びこう》をくすぐる。

「こいつは酒にもよく合うんだ。おやじ、酒はあるかい」

「もちろんですよ」

店の親父が酒の徳利を取り出した。同時に茶碗《ちゃわん》も二つ出す。

「こいつで飲んでください」

「半分ずついこうじゃねえか」

金四郎は蒲焼きを一口かじると、茶碗に注がれた酒をくいっと呷った。

「がぶっと一口いってみな」

金四郎に言われるままに一口かじると、口の中に味噌の香りが広がった。臭みはまったくなく、味自体は淡白な白身魚のようである。にもかかわらず、鰻《うなぎ》のようなコクが口の中に広がる。

白身魚よりも濃厚なのに、少しも下品な感じがしない。

「これは美味しいですね。舟八では出したことがありません」

「鯰っていうのは泥のあるところに棲《す》んでるからな。舟八の辺りじゃ捕れねえんだと思うよ」

言いながら、金四郎はけいの前に蒲焼きを差し出した。

「こいつもやってみな」

蒲焼きをかじると、タレの甘味がより鰻を彷彿《ほうふつ》させる。確かにこれは酒が進みそうな味だと実感した。

「まあ、こいつはあくまで屋台の味ってやつだな」

金四郎はそう言うと肩をすくめた。

「上品な武家じゃあ、こういった屋台の味はなかなか味わえねえからな」

そう言って懐《ふところ》に手を入れた金四郎は、しまった、という表情になった。

「こいつはいけねえ。やられちまった」

「どうしたのですか？」

けいが聞くと、金四郎が顔の前で両手を合わせた。

「滝を浴びてる間に、懐の金をやられちまった。まったく情けねえ」

「金さんは泥棒の様子を探りに来たのではなかったのですか」

「その通りだ。まさか自分がやられると思わなかったな」

金四郎はむっとした様子で言った。とはいっても、食い逃げするわけにもいかない。

それにしても、金四郎からも盗《と》っていくとはなかなかの泥棒だ。滝を浴びている間も金四郎は辺りに気を配っていたはずだ。

かなりすばしっこい男に違いない。

「わかりました。おいくらですか？」

けいが言うと、店主が答える。

「鯰が十二文、酒が六文。合わせて三十六文だ」

けいが金を払おうとすると、不意に一本の手が伸びてきて、親父に金を払った。

「ここは俺が払いますよ、坊ちゃん」

見ると、一人の男が笑顔で金を払っている。金四郎よりは少し年上だろうか。

金四郎とはまた違う形《なり》のいい男だ。

潔さはなくて甘い顔である。

「おめえ……なんでこんなところにいるんでえ」

金四郎が驚いた声を出した。知り合いのようだが、決して懐かしんでいるような声ではない。むしろ戸惑っているというか、嫌そうな声である。

「坊ちゃんを捜していたんですよ。お久しぶりです」

「なんで捜してたんだ」

「お仕《つか》えするためです」

「いらねえよ」

金四郎が本当に嫌そうに右手を振った。

その男は、けいの方を見るとにやりと笑った。

「はじめまして。空気を読まない男、柳川誠二郎《やながわせいじろう》です」

「空気を読めない、ですか？」

「読まない、です。そこは正確にお願いします」

誠二郎はきっぱりと言った。

どう対応していいのかわからず、けいは思わず金四郎の方を見た。

「この方は……」

「よくぞ聞いてくれました」

誠二郎は、ぽん、と手を打った。

「こちらの遠山……」

「口を閉じろ！」

金四郎は慌てて誠二郎の口をふさぐと、そのままずるずると引きずっていく。

「おけいもこっちに来い」

けいも慌てて金四郎を追いかけた。人気《ひとけ》のないところまで来ると、金四郎はようやく足を止めた。

「どうしたんですか、坊ちゃん。こんなところまでやってきて」

「あんな人の多いところで、お前と話せるわけがねえだろう」

「どうしてですか」

「お前、さっき遠山の家の者だって言おうとしただろう」

「だって本当のことでしょう」

「本当とか嘘《うそ》とかじゃなくて、ああいうところでしゃべることか。それに今の俺は、遊び人の金さんだ。遠山家は関係ねえ」

「それは違いますよ。坊ちゃん」

誠二郎は首を横に振った。

「坊ちゃんが育った遠山家を否定してはいけません。坊ちゃんの血も肉も骨も遠山家そのものです。遊び人だろうがなんだろうがね。そして俺は、そんな坊ちゃんに仕えてるんですよ」

なかなかいいことを言う、とけいの目が輝いた。確かに金四郎がどれほど遊び人のふりをしたところで、育ちの良さを隠すことはできない。

けいの見たところ、誠二郎は空気を読まない男のようには見えなかった。

「ところで、こちらの方はどちら様ですか」

誠二郎に聞かれて、けいは頭を下げた。

「金四郎様の押しかけ女房見習いの堀田けいと申します」

けいが言うと、誠二郎は無遠慮にけいの顔をじろじろ見つめた。

「堀田というと、もしや一知《かずとも》様のご縁戚ですか？」

「兄をご存じなのですか？」

「もちろんですよ。百人組組頭《ひゃくにんぐみくみがしら》の堀田一知様を知らないわけはないでしょう。といっても、お会いしたことがあるわけではないですけどね」

表情からして、嘘はついていないようだ。遠山家にいたのなら、兄のことを知っていても不思議ではない。

「いずれにしても、堀田のお嬢様なら坊ちゃんとはお似合いです」

誠二郎はきっぱりと言った。

お似合い。その言葉に、けいの中で誠二郎は味方ということに定まった。

「おいおい。勝手に決めるなよ」

金四郎は言ったが、声が弱々しい。

どうやら金四郎は誠二郎には強く出られないようだ。

「お似合いに見えますか？」

けいが聞くと、誠二郎は頷いた。

「そうですね。そう見えます。お嬢さんは立ち方もいい」

「立ち方ですか？」

「心が乱れていると立ち方も悪くなるんです。お嬢さんはしゃんとしています。きちんとした生活をしている証拠ですね」

それから金四郎をじろりと見る。

「坊ちゃんの方は少々乱れてますよ」

「そんなことはねえよ」

「腰のあたりがだらしない。こちらのお嬢さんに不義理でも働いているのではないでしょうね」

誠二郎に言われて、金四郎が困ったような顔になる。

その通りだ。このまま一気に嫁へ――まで押してくれるといいのだが、さすがにそこまでは無理だろう。

それでも強力な味方の登場は、けいにとっては好ましい。

「なんだか嬉しそうだな」

金四郎がけいを見た。

「お似合いらしいですよ」

にこにこと返す。

金四郎は形勢が不利だと悟《さと》ったらしい。誠二郎の方をあらためて見た。

誠二郎は、金四郎を見つめ返すと眉《まゆ》をしかめた。

「それよりも、どうしてこんなところで文《もん》なしになってるんですか」

「滝を浴びている間に金を盗まれたんだ」

「それはなかなか珍しいですね。坊ちゃんはあまり隙を見せないのに」

誠二郎はにやりと笑った。

「うむ。油断したつもりはなかったんだがな」

「相手はかなり手慣れたやつですね。息の吐き方をよく知ってるやつでしょう」

「息の吐き方ってなんですか？」

けいは思わず聞いた。文字通り呼吸のことなのか、もしくは何か特別な技のことなのか気になってしまう。

「人間というのはですね。たとえば悪事を働こうとすると、必ず息が乱れるんです。そしてそれが気配になる。でも、当たり前のことをしていると乱れない。たとえば自分で落とした金を拾うときなんかは怪しい気配は出ないんですよ。だから、他人の金を盗る際、自分の金を拾うような息の吐き方で盗るんです」

「そんなことができるんですね」

「かなり手慣れたやつであれば」

「しかし、それなら噂《うわさ》になるだろう」

「ここは王子ですからね。王子に住んでるやつの金を盗らなければ、噂にはなりにくいでしょう」

確かにそうだ。江戸ならともかく、滝浴みや物見遊山《ものみゆさん》に来る客だけを標的にするなら、少なくとも王子では悪い噂も出ないだろう。

それにしても手慣れ過ぎている。

「なんでえ、俺のドジが嬉しいのかい」

金四郎がむくれたような声を出した。

「坊ちゃん、行儀が悪いですよ」

「坊ちゃんって言うな。金さんって言えよ」

「坊ちゃんは坊ちゃんです」

誠二郎はまったく動じない。さすがに空気を読まないと豪語しているだけのことはある。

「ちっ。まあいい。誠二郎はどう思うんだ」

どうやら、空気の読みはともかく、誠二郎の洞察力は信用しているらしい。むくれながらも誠二郎の答えを待っていた。

「奥様はどう思われますか？」

不意に誠二郎がけいに水を向けてきた。

奥様。やはり誠二郎は味方だ。

「はい。奥様です」

つい応《こた》える。

「いや、そこじゃねえだろう」

金四郎が横やりを入れる。

「奥様ですから」

けいがさらに返す。

「まあいい、それはあとだ。いまは泥棒をなんとかしないとな。おけいはどう思う？　この泥棒のこと」

「そうですね」

といっても、けいは泥棒のことはよくわからない。そもそも滝浴みのために着物を脱いで放っておく連中の懐《ふところ》具合など、たかが知れているだろう。質《たち》が悪いには違いないが、大きな事件にはなりそうもない。

そこまで考えてから、少し違和感を覚えた。

「江戸ならともかくここは王子ですからね。少し不自然な気がします」

「どこがですか」

誠二郎が尋ねる。

「王子は町奉行の支配下にはありません。それに江戸から所払《ところばら》いになった人が多く住んでいるから、自分たちの町は自分たちで守るという意識が強いでしょう？　泥棒にとっては江戸の町よりもよほど危ないのではないですか。捕まったらただでは済まないでしょう」

「いい線ですね。さすが坊ちゃんの奥様です」

「奥様ですから」

嬉しくなってつい返してしまう。

「そうか。そういうことかい」

金四郎が納得した。

「そういうことですよ」

誠二郎も頷く。

「どういうことですか」

そこから先はけいにはわからない。

「つまり、この泥棒は王子じゃ公認ってことさ。たいした金額じゃねえしな。よそから来た連中の懐だけを狙うというような取り決めでもしてるんだろうさ」

外から遊びに来た連中しか狙わないなら、王子の住人には痛くもかゆくもないから見逃すということなのだろう。

褒められたことではないが、町の人々からすると理に適《かな》っている。

「それだと捕まえようがねえな」

金四郎が舌打ちをした。表情から悔《くや》しさが滲《にじ》んでいる。

誠二郎は、懐から財布を取り出すと、金四郎に渡した。

「今度から気を付けてください」

「お前、これどうしたんでえ」

「取り返したんですよ」

誠二郎があっさり言う。犯人に見当がついているどころか、どうやら捕まえていたらしい。

「犯人はどうしたのですか」

「放してやりましたよ。金を返してくれましたからね」

「どうして捕まえないのですか」

「なぜって？　俺には関係ないことでしょう」

誠二郎は、どうしてそんなことを聞くのかという表情になった。

「そいつの人相はどんな感じだ。年齢は？」

「三十は過ぎてるけど、四十にはいかないあたりですよ。背は大きくはないです。顔は少々尖《とが》ってますかね。狐《きつね》のような印象です」

誠二郎は語ったが、いかにもどうでもいいという表情である。

どうやら、犯人にはまったく興味がないらしい。金四郎に関わることでなければどうでもいいのだろう。どこか彩と同じ匂いを感じる。

「では、今日のところは引き揚げます。また」

そう言うと、誠二郎はさっさと去ってしまった。

「なんだか変わった人ですねえ」

けいが言うと、金四郎は肩をすくめた。

「俺のことをいつまでも三つの子供のように扱いやがる」

まさに子供のような態度で金四郎が言う。

「なんだか気持ちがそがれちまったな。もう一軒行くか」

金四郎が大きく息を吐いた。

「金も戻ってきたしな」

「それにしても、あっという間に犯人からお金を取り返すなんて、ただの人ではありませんね。その財布は本物ですか？」

「まちがいない。俺のだ」

「手際《てぎわ》が良すぎですね」

「そうだな。当てずっぽうで探し回ってたわけでもないだろう」

「金さんの着物を見張っていたのかもしれませんね。泥棒にやられないように」

「それはあるかもしれないな。あいつ、面倒見がいいから」

金四郎が納得する。金四郎のことが好きすぎてつい見張ってしまったのかもしれない。そう思うとなんだか微笑《ほほえ》ましい。

「金さんはいくら持ってきていたんですか」

「百文だ」

金四郎が胸を張った。

「それでは、最初から屋台くらいしか行けないではないですか」

けいは思わず笑ってしまった。

「足りない分は、おけいに少し出してもらおうと思っていた」

「最初からわたくしにたかる気だったのですか」

「たかるってのは人聞きが悪いぞ」

金四郎が不満そうに口を尖らせた。

「でも、やっぱり不自然ですね。百文盗んでも何の足しにもならないでしょう。捕まることを考えたら盗まない方がましです」

だからあえて滝浴みの客の財布を狙うことには、何か別の意味があるのではと疑ってしまう。

「今日のところは帰りますか」

「せっかくだからもう少し飲んで行こうぜ」

金四郎は金が返ってきたことで気が大きくなっているらしい。確かにそれも悪くない考えだった。

他にどんな人が金を盗まれているのだろう。けいはそれが気になった。

いずれにしても、誠二郎が放してしまった以上、犯人を見つけることは無理だろう。

「お。焼き飯がある」

金四郎が嬉しそうに言った。焼き飯とはその名の通り、焼いた飯である。握り飯を作って軽く味噌を塗り、七輪《しちりん》で炙《あぶ》ったものだ。

焼いた握り飯を焼き飯と呼ぶのは江戸の独特な言い方で、上方《かみがた》では焼きおにぎりと言うらしい。

塗った味噌によって様々な味の変化があるから、一口に焼き飯と言っても味わいは千差万別だ。ひとつとして同じ味がない。

「酒を徳利で買おうじゃねえか」

いちいち店で酒を注文するよりも徳利で買っておいた方がいい。金四郎はそう思ったらしく、酒を売っている屋台を見つけようとしていた。

その姿は、遠山家の跡取りというよりまさに遊び人といった風情である。けいとしてはそんな金四郎も好ましいのだが、父が見たらどう思うのだろうと思わないでもない。

さすが器《うつわ》が大きいと思うか、見込み違いと思うか、どちらだろう。一瞬迷ったが、器が大きいと取るだろう、と自分に言い聞かせることにした。

「ちょっと買い物に行ってくる。しばらくこの辺にいてくれ」

金四郎はそう言うが早いか、さっと人混みに紛《まぎ》れてしまった。けいは金四郎を待ちながら、辺りの人々を見回した。

どんな人々が滝浴みに来ているのだろうと気になる。

ほとんどが町人だが、たまに武士の姿も混ざっている。その中に知った顔を見つけた。火盗改《かとうあらた》めの奥山主税《おくやまちから》である。王子は火盗改めの管轄ではない。ただし、江戸からの犯罪者を追っているのであればその限りではない。

なにか火盗改めが出てくるような凶悪な事件が秘《ひそ》かに王子で起きているのだろうか。その可能性が高いように思えて、けいは落ち着かない気持ちになった。

第二章

「金さん。火盗改《かとうあらた》めがいます」

「そいつはおかしいな」

金四郎が真面目な顔になる。

火盗改めが物見遊山《ものみゆさん》のために江戸を離れるようなことはない。そもそも休みなどないのである。

だから火盗改めが王子に来る理由は、間違いなくお役目なのである。

さっきの泥棒とつながりがあるとは限らないが、関係ないとも言い切れない。

「行ってみましょう。あの方は知っているひとなのです」

けいは奥山のところに近寄っていった。

「こんにちは」

声をかけると、奥山はぎょっとした顔になった。

「なぜこのようなところにいらっしゃるのです」

こんなところで会いたくはなかった、と言わんばかりの表情である。王子に遊びに来たのを見つかったという表情ではなさそうだ。仕事の邪魔をされたくないという様子に見える。

「滝を浴びに来たのです」

けいが答えると、奥山はやや厳しい表情になった。

「はしたないですぞ」

軽くたしなめてくる。

武家としては確かにそうだろう。

「奥山様はお勤めですか」

けいに聞かれて奥山は困惑した表情を見せた。思った通り、明らかに役目でやって来ている様子である。

「最近、この辺りに泥棒がいるらしいですね。先ほど夫もお金を盗まれました」

取り返したことは伏せてけいが言うと、奥山の表情が変わった。

「いくら盗まれたのですか」

「百文《もん》です」

けいが答えると奥山は腕組みをした。火盗改めの反応としてはこれもおかしい。火盗改めは百文程度の小銭なら笑って相手にしない。たとえ相手が上官の娘であるけいであったとしても、真面目に取り合うとは思えない。

にもかかわらず真剣な表情になるというのは、やはりこの界隈《かいわい》に火盗改めが出てくるような事件が潜《ひそ》んでいると見て間違いない。

「何を探っていらっしゃるのですか」

「それは言えません」

奥山は首を横に振った。確かに捜査の秘密を他人にぺらぺらとしゃべるわけにはいかないだろう。だが奥山は盗まれた小銭が気になるようだった。

そのとき、金四郎が徳利《とっくり》をぶらさげて、けいと奥山のもとへやって来た。

「そこの遊び人は前にも一緒にいたやつですね」

奥山は、いかにも胡散臭《うさんくさ》いという表情で金四郎を見た。

「どうしてお前がこんなところにいるのだ」

奥山が鋭い目を金四郎に向ける。

確かに金四郎は見るからに遊び人という風情《ふぜい》だ。奥山から見ると怪しいこと、この上ないのだろう。

「おう、そこの遊び人。どこかに消えちまいな」

奥山が高飛車に言う。

「待ってください」

けいが奥山を止める。

「どうしたのですか？」

「この人が夫なのです。金さんです」

けいが紹介すると、奥山が目を剥《む》いた。

「この遊び人がですか？　弱みでも握られているんですか？　問題なければ、このまま火盗改めの役宅にしょっぴきますよ」

奥山は義務感に駆られたような顔つきになった。

「大丈夫です。本当に夫です」

けいがふたたび止める。

「どういうことなのですか。それは父上や兄上はご承知なのですか」

「もちろんです。訳ありというやつです」

奥山はあらためて金四郎を睨《にら》みつける。

「夫というのは本当か？」

金四郎は、据《す》わりの悪そうな表情になった。

「まあ……そんなようなものかな」

いかにも歯切れが悪い。

その様子をどう見たのか、奥山は「何かを察した」ようだった。

「わかりました。そういうことにしておきましょう」

奥山が大きく頷《うなず》く。そして金四郎に声をかけた。

「おい。名前はなんていう」

「金四郎っていいます」

「そうか。金の字でいいな」

「へい」

「けい殿にしっかりお仕《つか》えするんだぞ」

奥山はあくまで高飛車である。

「いつもがんばってます」

金四郎が飄々《ひょうひょう》と答えた。

「それよりも、こんなところまで大変ですね。勘定奉行《かんじょうぶぎょう》に鞍替《くらが》えですか」

金四郎に言われて奥山が渋い顔をした。

王子は八州廻《はつしゆうまわ》りの管轄である。勘定奉行の支配だ。江戸の町を離れてしまえば、火盗改めといえども「ただの武士」なのである。

火盗改めとして幅を利《き》かせることはできない。

そこを突かれて嫌な顔になったようだ。

「いずれにしても、江戸のためにご苦労様です」

金四郎が頭を下げると、奥山は気をとり直したようだった。

庶民からは何かと評判の悪い火盗改めだが、身を削って犯罪者と戦っているのは間違いない。

「役目だからな。当然だ」

奥山は胸を張った。江戸のために働いているという矜持《きようじ》が強くあるようだ。だからただの武士扱いされると、傷ついてしまうのだ。

「いったいどんなやつに盗まれたんだ」

「それがわかったら、とっくに捕まえてますよ」

「そりゃそうだな」

奥山が肩をすくめた。

「それにしても、何だってそんな瑣末《さまつ》な奴のことが気になるんですか」

金四郎もけいと同じく疑問に思ったらしい。

奥山は少し考えた後で、自分の後に「ついてこい」というように手招きをした。

奥山の後をついていくと、一軒のこぢんまりとした茶屋に到着した。「水鳥屋《みずとりや》」という看板が掲《かか》げてある。茶屋といってもほぼ民家で、一階が店、二階が宿という造りだ。

「なかなか洒落《しゃれ》た茶屋ですね」

茶屋といっても団子《だんご》を食べさせるような店ではなく、軽い料理と酒を出す店のようだ。

「火盗改めは無粋《ぶすい》な人間の集まりですが、茶屋の一軒ぐらいは知っています。ここは我々が王子を探索するときに必ず使う宿なのです」

「奥山さん以外も来るんですか」

「そうですね。いわば火盗改めの集会所のようなものです」

江戸で盗みを働く際に、王子を根城《ねじろ》にする盗賊が少なくないということだろう。

「こんなところにわざわざ連れてきたということは、わたくしたちに何か説明したいことがあるのではないですか」

けいが言うと、奥山は少し考え込んだ。何を説明したいのだろう、とけいは思った。火盗改めが事件のことを他人に話すというのはまずありえない。あるとしたら、けいたちを「密偵」に使いたいということになるが——。

「いらっしゃいませ」

茶屋の女中が挨拶《あいさつ》にやってきた。歳のころは四十歳ほどだろうか。いかにも昔から茶屋にいるというような板についた挨拶だった。

「若いお嬢さんがここに来るのは珍しいですね」

にこにこと笑いながら、けいの耳元に唇を寄せた。

「人でも殺したのかい」

その声にはなんの含みもなくて、そこらで大根でも買って来たのかい？　というような軽い響きだった。

「人殺し？」

けいは思わず聞き返した。

「あら。訳ありじゃないの？」

女中が意外そうに言う。

訳ありな女というのは人を殺したことがあるものだろうか。けいは少し混乱した。

「どういうことですか？」

思わず聞き返す。

「本当に普通のお嬢さんなのかい」

それから女中は奥山の方に顔を向けた。

「盗賊でも人殺しでもないのかい」

「そのひとは罪人ではないよ」

奥山が言うと、女中は両手を口に当てた。

「こんな別嬪《べっぴん》なのに何の悪さもしてないのかい」

どうやら、この女中の感覚では、別嬪は何かしら悪さをするものらしい。

「すまないな、けい殿。この女は松《まつ》といって、不幸な女なんだ。それゆえ道を誤ってしまい、いまは火盗改めの手伝いをしている」

けいは松の顔を見た。どう見ても人のよさそうな顔をしている。いったいどんな訳ありなのだろう。

かといっていきなり聞くのも不躾《ぶしつけ》だから、いったん忘れることにした。

「そうなんですね。よろしくお願いします」

けいは頭を下げた。

「あんた、あたしが気にならないのかい」

松が、けいの顔をのぞき込むようにして言う。

「なにがですか？」

「火盗改めの世話になってるってことは、それなりに大きな罪を犯したってことじゃないか。殺しかもしれないよ。平気なのかい」

「気にならないと言ったら嘘《うそ》になります。でも、いまこうして普通に働いているなら、それが嘘偽りのない松さんの姿だと思いますよ」

けいに言われて、松は笑いだした。

「素直だね。いい娘《こ》だ」

松はなんだか楽しそうな表情になった。

「奥山さん、あたしはこのお嬢さんが気に入ったよ」

「ありがとうございます」

「いいんだよ。今日は泊まっていくのかい」

泊まりと言われて、けいは驚いた。考えもしなかった。思わず金四郎を振り返る。

「どうしましょう、金さん」

「どうって。泊まるまではいらねえんじゃねえか」

金四郎が答えると、松がけいと金四郎の間に割り込むようにして立った。

「あんた、この娘のなんなんだい」

「仲良しってところかな」

金四郎が松の迫力に圧《お》されて少し下がった。

「どんな仲良しなんだい」

松が問う。金四郎はどうしたものか、と考え込んでしまった。

妻です、と言ってくれればいいのに。けいはヤキモキするが、まだそこまで金四郎に言わせることができない自分が悪いのだ。

「わたくし、押しかけ女房なんです。見習いですが」

けいが言うと、松が目を剝いた。

「見習いってなんだい」

「まだきちんと認めていただいていないのです」

松が金四郎を睨んだ。

「なんで認めないんだい」

「俺なんかとくっついても仕方ねえだろうよ」

金四郎が困ったように言う。

「利用したいだけってことかい」

「そんなんじゃねえよ」

「いや、そうに決まってる」

松は、体ごとけいの方に振り向いた。

「かわいそうに。あんた、騙《だま》されてるよ。売られちゃうよ」

「そんなことはないですよ。金さんはいい人です」

「悪い男ほどいい人に見えるんだよ。そういう意味ではこいつは最悪だね。顔もいいし、なんだか品もあるじゃないか。こういうやつが女を騙すんだよ」

「騙されているわけではないです」

「みんなそう言うんだよ。あんた、まさか金を貸してないだろうね」

「いつも貸してます」

「なんの金だい」

「賭場《とば》に行くとおっしゃるので渡します」

「返ってきたことは？」

「まだないです」

「おいおい。そいつは余計な話だろう、おけい」

金四郎がたまりかねたように口を挟んだ。

松はまるでこの世の終わりのような顔をして、けいの両肩に手をかけた。

「すぐ手を切りなさい」

「ご心配には及びません」

「いくら貸したの？」

「十八両」

「どんな素性《すじよう》のお金？」

「わたくしが船宿《ふなやど》で働いたお給金です」

「そんなお金を賭場に通う遊び人なんかに渡しちゃだめよ」

松が、けいを諭《さと》すように言う。

「奥山さんもなんだい。こいつは伝馬町《てんまちよう》に送らないとだめだよ。すぐ牢屋《ろうや》にぶち込んでしまいなよ」

「いや、そういうわけにもいかないだろう」

奥山がさすがに庇《かば》う。

「大丈夫。いい人ですから」

けいも加勢した。

それから、松に耳打ちする。

「遊び人を名乗ってはいますが、本当はきちんとした身分の方なのです。品がいいのは育ちがいいからですよ」

ようやく松が静かになった。

「じゃあ、本当に大丈夫なんだね」

「なにかあったら相談します」

「いつでも相談にのるよ」

どうやら、松はなかなか面倒見がいい性格のようだ。

奥から、茶屋の主人らしき男が顔を出した。

「少し騒がしいよ。それにお客様を立たせたままでどうしたんだい」

「すみません。旦那様《だんなさま》」

松は頭を下げた。

「おう、世話になるぞ。杉太郎《すぎたろう》」

「こちらこそ」

杉太郎という主人はいかにも穏やかで柔和《にゅうわ》そうな感じだった。こちらも訳ありなのだろうか。

「この人も訳ありなのですか」

松に尋ねると、松は大きく首を縦に振った。

「もちろんよ。月無《つきな》しの杉太郎といえば」

「お松。余計なことをしゃべるもんじゃないよ」

杉太郎は怒りはしなかったが、困ったような笑顔を浮かべた。

「いいからご案内しなさい」

けいは、金四郎、奥山とともに奥の座敷に案内された。

「お茶をお持ちします」

松が引っ込んだ。

「訳ありの茶屋なのですね」

「盗人《ぬすびと》茶屋というか、火盗改め茶屋というようなものだ。もちろん普通の客もやって来るぞ」

これほどまでに手の内を見せるのは、奥山の手には負えない何かがあるということなのか。

「本当は話さない方がいいのかもしれませんが……」

「ここまで来たのですから、話して下さってもいいでしょう」

けいは奥山に向かって頭を下げた。

「お願いします」

「けい殿にそう言われては仕方ありませんな」

どうやら背中を押して欲しかったらしい。奥山は少しほっとした表情になった。

「最近、今まで人を殺さなかったような小悪党が、手を血で染めるような真似《まね》をするようになりまして……。古株の小悪党が、質《たち》の悪い盗賊と手を組んでいるという噂《うわさ》があるのです」

「何か特別な事件でもあったのでしょうか」

「いままでに二軒やられました。店《たな》の人間は皆殺しです」

奥山は怒りで顔を歪《ゆが》めた。

あまりの凄惨《せいさん》さに、けいも絶句する。

盗賊にも道というものがある。家の人間に気づかれることなく、誰も傷つけることなく、金だけ盗んで煙のように消えるのが真っ当な盗賊である。押し入って人を殺すなどというのは盗賊の風上《かざかみ》にも置けない。

「そいつはひでえな」

金四郎も怒りの表情を見せた。

「王子であった事件なのですか？　でもそうだとすると、火盗改めとは関係ないでしょう。八州廻《はっしゅうまわ》りの仕事ですよ」

けいは疑問を口にした。

「事件は江戸であったのです」

奥山が渋い顔をした。

「江戸で悪さをした連中が王子にいるってことですね」

金四郎が言う。

「うむ。まだ確証はないのだが。血煙《ちけむり》という盗賊の盗人宿《ぬすびとやど》が王子にあるのではないかと踏んでいる」

盗人宿というのは、盗賊が盗みのためにしばらく借りる宿である。江戸よりも王子の方が長逗留《ながとうりゅう》に寛容だ。江戸では三日も逗留すれば怪しまれるが、王子なら平気である。ゆったりと逗留して遊ぶ土地柄だからである。

「王子は長く遊ぶ客が多いですからね。料理茶屋も多いし」

金四郎が納得という顔になる。

奥山が、厳しい表情を金四郎に向けた。

「それだけならばいいのだがな。王子の料理茶屋に遊びにくる金持ちの中から、次の押し込み先を選んでいるのではないかと疑っているのだ」

金四郎が遊び人だという意識は奥山から消えているようだ。けいの夫だということが利いているのかもしれない。

「本当ですか。料理茶屋に来たからって、どこの誰だかわからないでしょう」

けいが思わず口を挟んだ。

いくらなんでも、それは無茶な推理のような気がした。

「そんなことがあるのかねえ」

金四郎も半信半疑というように呟《つぶや》いた。

「不自然ですよね」

けいも金四郎に同意である。

「王子っていうのは、江戸を払われた連中が多く住んでるからな。江戸のことが嫌いなやつらも多い。だからそう簡単に江戸の盗賊に手を貸すとも思えない」

「金の字。お前、ついさっき小銭を盗まれただろう。昼間によ。盗賊と手を結んだのはそいつらじゃないかと思う」

「そんなに凶暴な連中なんですか」

「逆です。小銭を盗むぐらいのものです。それに連中は、王子の地元の住人の懐《ふところ》には決して手をつけない。王子に誰が住んでるのか、よく知っていますからね。江戸から遊びに来た連中の懐だけ狙《ねら》うわけです。王子のことなら隅《すみ》から隅まで知ってますしね」

けいの質問に奥山が答える。

「ははあ、なるほど」

金四郎が頷いた。

「なんだ。何かわかったのか」

「もしかしたら、盗賊に協力する代わりに王子の連中には手を出さないって約束でもしてるんじゃないですかね。それなら、王子のために目をつぶって手を貸すことはあるかもしれない」

「でもそれは勝手というものでしょう。お上《かみ》と手を組んで盗賊と戦うべきだと思いますよ」

けいは思わず反論する。

「それはなかなか難しいでしょうね」

奥山が首を横に振る。

「相手は血も涙もない盗賊です。断れば何をされるかわかったものではありません」

確かに、断ります、はいそうですかと引き下がってくれるなら平和なものだ。

奥山が渋面《じゅうめん》を作った。

「そいつらを仲間に入れれば、王子のどこに金持ちが来て、どのような遊びをしているかもわかるのです」

「どの店を襲うか狙いもつけやすいということですね」

金四郎が頷く。

「火盗改めは何か手がかりを摑《つか》んでいるのですか」

けいが尋ねると、奥山は力なく首を横に振った。これも火盗改めにしてはなかなかに珍しい。

「私としてもなんとか山内屋《やまうちや》の敵《かたき》をとってやりたいのです」

「盗みに入られたのは山内屋という店なのですね」

「そうです。山内屋は日本橋《にほんばし》の呉服屋で、なかなか繁盛《はんじょう》していた店なのです。呉服屋は盗賊に狙われやすいのです」

「何か理由があるのですか」

豪商はたくさんいる。何も呉服屋だけが狙われやすいというわけでもないだろう。

「呉服屋は掛け売りをせず、現金で商品を引き渡すことが多いのです。ですので月末以外でも金をしっかり持っています。我々火盗改めも奉行所も、月末に警戒を強めます。しかし呉服屋が相手なら、我々の警戒の薄い時分を狙って盗みを働きやすいのです」

「しかも全員殺したのでしょう？」

「ひどいものです。二十人以上も殺されました。もし次に盗みを働くとしても、やはり店の人間を皆殺しにしてしまうでしょう」

「ひと肌脱ぎましょう！」

金四郎よりも先にけいが言葉を発した。

「そんな連中を許すことはできません」

「おいおい。気持ちはわかるけどよ、今回の相手はちっと危ない連中だぜ」

金四郎がたしなめるような口調で言う。

「それは金さんが守ってくれれば問題ないでしょう？　わたくしも金さんのそばから決して離れないように行動します」

「仕方ないやつだな」

金四郎は言ったが、拒絶する気はないらしい。

それにしても火盗改めが何の手がかりも摑めないということは、相当厄介《やっかい》な相手だということだ。

「とりあえず、今日のところは王子を楽しんで、またあらためて来ることにしましょう」

「そうだな。しばらく通うか、あるいは泊まれる場所があるといいな」

「それでしたら、この茶屋をお使いください。泊まることもできますから」

「随分物分かりがいいな。なんだか気持ち悪いぜ」

金四郎が言う。しかし、奥山としては、金四郎にというよりもけいに便宜を図っているつもりなのだろう。

「そうですね。この茶屋を使わせていただきましょう」

けいが答える。

毎日王子まで往復するのは大変だ。いっそのこと、王子に逗留するのも悪くない気がした。

「おいおい、舟八はどうするんでぇ」

「彩がいるから平気でしょう。それよりも盗賊です」

けいはきっぱりと言った。

金四郎は一瞬迷った表情を見せたが、やはり盗賊が気になるのだろう。けいの言葉に頷いた。

「そうだな。ここでしばらく様子を見るのもいいかもしれない」

金四郎は奥山に顔を向けた。

「舟八に手紙を出したいんだが、いいかな」

「わかった。そうするとよい」

奥山は店の主人の杉太郎を呼ぶと、何やら耳打ちをした。

「坊ちゃん！」

しばらくして現れたのは、さっきどこかに行ったはずの誠二郎であった。

「おめえ、尾けてたのか」

い。

「どちら様ですか？」

杉太郎が驚いたような顔をした。どうやら手配したのと違う相手が来たらしい。

「誠二郎と申します。お使いが必要なら、わたしが務めましょう」

それから誠二郎は金四郎の方を向いた。

「いいですね、坊ちゃん」

「いいですねってお前、場所はわかるのか」

「舟八でしょう？　もちろんわかりますよ。有名ですからね」

誠二郎は当然のような顔で言った。武家なのに、どうやらかなり市井《しせい》に通じている様子である。

「舟八は有名なのですか？」

確かに近所では有名だろうが、そんなに名前が響いているのだろうか。

「あの辺りでは一番の船宿ですからね。知っている人は多いですよ。料理の味がよくて別嬪がいるって、もっぱらの噂です」

「ありがとうございます」

けいは思わず頭を下げた。

「仕方ない。頼む」

金四郎はさっそく手紙を書いた。断る理由もないし、なんだかんだ言っても誠二郎のことは信頼しているように見える。

「舟八にいる梅《うめ》って婆さんに手紙を渡して欲しい」

「わかりました」

「おう、よろしく頼むぜ」

金四郎が声をかける。

誠二郎は、さっさと出ていった。

「じゃあ賭場に行くか」

金四郎が言った。

「今から賭場に行くのですか。なぜ？」

「泥棒にしても盗賊にしても、そういう連中は賭場に集まるからな。悪い連中の情報は賭場で集めるに限る」

それは一理ある。けいも納得する。

「賭場に行く前にもう少し屋台を冷やかして行こうぜ。あいつもいなくなったことだし」

金四郎は両腕を伸ばした。誠二郎がいると、多少窮屈《きゅうくつ》になるらしい。

「あの人といる金さんはなんだか可愛《かわい》いですね。子供みたい」

「よせやい。俺は子供っぽくないぜ」

金四郎はそう言うと、奥山にも目を向けた。

「奥山さんも腹ごしらえをしませんか？」

「私は侍《さむらい》なので、屋台で物を食べることはできん」

奥山はきっぱりと拒否した。武士は基本的に買い食い禁止である。きちんとした店で食べるか、握り飯でも持参せよというのが建前であった。

実際には同心も、屋台で蕎麦《そば》なり寿司なり食べるのだが、真面目な同心であれば、あくまでも屋台は避けていた。

「真面目なんだね、奥山さんは」

「武士が真面目でなければ、誰が道を説《と》くというのだ」

「まあ、そうだな」

金四郎はそう言うと、けいを促《うなが》した。

茶屋の外に出ると、金四郎は感心したように大きく息を吐いた。

「最初に会ったときは随分嫌なやつだと思ったが、あれは真面目すぎてああなるんだな。火盗改めも気分の悪いやつばっかりじゃないってことだな」

火盗改めの人間は正義感が強いことが多い。そして強すぎる正義感は悪党よりも質《たち》が悪いことが往々にしてある。悪気のない暴力は、悪気のある暴力よりも過激になることが多いからだ。

だが懐に飛び込んでみれば、融通は利《き》かないが、そこまで嫌ではない。

「じゃあ屋台を冷やかそう。そのあと賭場だ」

「はい」

けいが答えると、金四郎は腕組みをして大きく頷いた。

「しかし残念ながら、俺はあまり金を持っていない。みんなの役に立ちたいが、賭場で先立つものがないときてる」

「博打《ばくち》のタネ銭をわたくしに出せというのですか」

「出すのは俺だ。ただちょっとの間、貸してくれればそれでいい」

金四郎が少々甘えた声を出した。

「そう言って、また返さないのでしょう」

「ちゃんと証文《しょうもん》は書く。俺が踏み倒すわけねえだろう」

金四郎が胸を張った。そう言いつつも一度も返したことがないのは、けいに甘えている証《あかし》ではないかと、少し期待してしまう。

「踏み倒してくれても構わないですよ。夫婦《めおと》になれば懐は一緒ですから」

けいはにっこり笑うと、金四郎はそれには答えず黙って右手を差し出した。

「よろしく頼む」

けいは二朱金《にしゅきん》を八枚、金四郎に握らせた。合計で一両である。今日一日遊ぶには十分すぎる金額と言えた。

「これだけあれば大丈夫だ。まず何を食べる？　俺の奢《おご》りだ。心配するな」

人から借りたお金で奢りも何もあったものではないが、金四郎からすれば後で返すからしっかり奢っているつもりなのだろう。

借りてでも払うのは自分だというのは、男の矜持というものだろう。子供っぽい矜持だとは思うが、それはそれでなんだか可愛らしい気もする。

「金さんの奢りなら、安心してたくさん食べられます」

「おう、好きなだけ食べてくんな」

金四郎は胸を張った。

さて、何を食べよう。けいは辺りを見回すと茄子《なす》を焼いている屋台に目をつけた。茄子は六月から十一月ぐらいまで、いつ食べても美味《おい》しい。

夏の茄子は走りの味という風情で、甘味はまだ足りないが、爽《さわ》やかな味がする。茄子はどのような料理にも馴染《なじ》むのがいいところだ。

「いらっしゃい」

店主が大きな声で出迎える。店主が焼いている茄子はもう真っ黒で、完全に焦《こ》げているように見えた。

「いくらなんでも焦げすぎじゃねえか」

金四郎が不安そうに茄子を見た。店主は口を大きく開けて笑いだした。

「あんた、茄子のことを何も知らないね。茄子っていうのは表面の皮が真っ黒に焦げちまったくらいが美味《うま》いんだ。まあ、ひとつ食ってみるといいさ」

そう言うと、店主は真っ黒な茄子を二本、竹の皮に包んでよこした。

焦げた茄子の皮を箸《はし》でつまむと、つるんとあっさり剝けてしまう。中から魅力的な白い実が現れた。

さっと醬油《しょうゆ》をまわしかけて食べていると、店主が声をかけてきた。

「だめだめ。醬油だけだと、この茄子の本当の味はわからないよ」

そう言って醬油とは別の徳利を出してきた。

「こいつをちょっとかけてみな」

言われるままにかける。鼻にツンとくる。徳利の中身は酢のようだ。

確かに醬油だけのときよりも茄子の甘みが増しているように感じる。舌の上で茄子の風味が踊っているようだ。

「確かに酢もかけた方がずっと美味しいです」

けいが言うと、店主は嬉《うれ》しそうな様子を見せた。

「ところでこの辺りに賭場はありませんか」

けいが尋ねると、店主は驚いたような顔をした。

「あんた、女だてらに博打をやるのかい」

「わたくしは嗜《たしな》む程度です。こちらの金さんが博打好きで、どうせ王子に来たのなら、ちょっとやっていこうと誘われているのです」

「あー。こちらさんの方か。それならわかる。そうだな、王子にもいろいろ賭場があるが、やはり狐《きつね》の賭場が一番だろう」

「狐の賭場ですか」

「そうだ。王子といえば狐だからな。狐の面をかぶってしまえば身分もわからない。だから金持ちの旦那衆が遊んでいるのさ」

金持ちが集まると聞いて、けいと金四郎は思わず顔を見合わせた。

「でも、そんなところにお邪魔したら、追い払われてしまうのではないですか」

「お姉さんは別嬪だからな。呉服屋のお嬢様とその付き人とでも言えば、疑われることもないだろうよ。ちょっと手を見せてみな」

言われるままに手を見せると、店主は感心したように唸った。

「あんた、本物のお嬢様だね。こんな商売してると、手を見ると育ちがわかるんだ。子供の頃にどんな育ち方をしたかで手に表情ってもんが出るんだよ。あんたは、いいところで育ったって手をしてるよ。これなら賭場でも十分通用する」

手の表情というのは、けいにはよくわからないが、育ちがいいというのは否定できない。それならここは呉服屋のお嬢様で通しておこう。

「ありがとうございます。それでどこに参ればよろしいのでしょう」

「暮六つぐらいに不動《ふどう》の滝の脇のあたりに行ってみるといい。狐の面をかぶって提灯《ちょうちん》を持った男たちがいるからそこで遊べるかい、と声をかければいいのさ」

以前王子に来たときも狐の面をかぶったが、どうやら王子という町は至るところで狐が活躍するらしい。

「ありがとうございました」

けいは礼を言うと、店を後にした。

「なかなか楽しそうじゃねえか」

金四郎がうきうきと言う。

「でも、皆が顔を隠しているというのが気になります。盗賊が紛《まぎ》れていたとしても、まったくわからないではないですか」

「なんとなく気配でわかったりしねえかな」

金四郎はあくまで能天気である。もし盗賊が紛れていたなら、呉服屋のお嬢様という触れ込みで、博打を打ちに来たけいをどう思うだろうか。

おそらくいいカモだと思われるだろう。

だとするといっそのこと話が早い。けいを尾けてきたところを捕まえてしまえばいいのだ。けい自身が囮《おとり》になるというのは悪い考えではないだろう。

そうすると、いかにもお嬢様という出で立ちで出かけるのが良さそうだ。

「お嬢様という触れ込みで賭場に潜入するのなら、言葉遣いに気をつけなくてはなりませんね」

「そんなことはねえだろう。おけいは今のままで十分お嬢様って感じがするぜ」

「わたくしのことでありません。金さんの言葉遣いです」

「俺か」

「今のままではまるで遊び人ではありませんか」

「遊び人だからな」

金四郎が決まり悪そうな表情になった。

「そうだ。いっそ旗本とその妻にしましょう。それならお互い余計な芝居をしないで済むではないですか」

「今のままじゃだめかな」

「今夜は遊び人はだめです。気持ちは遠山家の御曹司《おんぞうし》、遠山金四郎に戻って博打をなさってください」

「おいおい。そいつはねえだろう」

「金さんは盗賊に苦しめられる人のことより、自分の言葉遣いを遊び人のままに通すことの方が大切なのですか」

「そんなことはねえけど」

「それならいいではないですか」

けいが言うと、金四郎は渋々頷いた。

これは嬉しい誤算である。けいが金四郎のもとに来たときには金四郎はすっかり遊び人の言葉になっていて、武家らしい姿を見たことがない。元々の金四郎はどのような立ち居振る舞いをしていたのか、今宵《こよい》ついに見ることができる。

「その代わりこれから見る姿は忘れちまってくれよ。恥ずかしいからな」

「はい。明日にはきれいさっぱり忘れます。約束します」

もちろん一生忘れないつもりで、けいは笑顔を見せた。

「そろそろ帰《けえ》るか」

「はい」

けいは金四郎の袖《そで》を摑むと、ふたたび水鳥屋へと戻ったのであった。


「お帰りなさい」

松が迎えてくれた。

「おけいちゃん、とにかくお酒でも飲んで温まりなよ」

言いながら、松が奥の座敷に連れていってくれる。金四郎にはまったくおかまいなしの様子である。もしかしたら、まだ金四郎を警戒しているのかもしれない。

金四郎と二人で座敷に通ると、火鉢の上で熱燗《あつかん》を温めてくれる。

「つまみは簡単でいいよね」

そう言って、味噌《みそ》を出してくれた。そのままでもいいし、火鉢で炙《あぶ》っても美味しい。夏とはいえ夜は冷えるから、熱燗は嬉しいところだ。

「とりあえずどうぞ」

金四郎に盃《さかずき》を渡して注ぐ。

「ありがとうよ」

金四郎がまずは一杯飲み干した。

「なかなか美味いな。おけいも一杯どうだ」

金四郎が盃を差し出してきた。同じ盃で一杯やろうというわけだ。どうやら旅先で少々心が緩んでいると見える。

いまだ。

「ここはこのまま固めの盃でしょうか」

思わず言う。

「それは大げさだろう」

金四郎が苦笑した。

「そろそろ固めてもいいではないですか」

「そろそろってなんでえ」

「もう一年です。もう本物の夫婦でもいいでしょう」

けいが言うと、金四郎が感慨深げな表情になった。

「そうか。もう一年か」

「ええ。もういい頃合いですよ」

手を伸ばそうとしたとき、部屋の外に誰かの気配がした。

「入りますよ」

誠二郎の声がした。

けいは慌《あわ》てて手を引っ込めると、座りなおした。

部屋の中に誠二郎が入ってきた。

「戻りました」

金四郎に頭を下げる。

「おう、ご苦労だった。ちょっと出かけてくるからもういいぜ」

金四郎が声をかける。

「どちらまでですか」

「賭場だよ」

金四郎はそう言うと、文句でもあるのか、という顔をした。

「用事があるんだ。遊びじゃねえ」

「そうですか。では、お供します」

誠二郎が笑った。

「いらねえ」

金四郎が即座に断った。

「どういう事情かは知りませんが、遠山家のご子息ともあろう方が賭場に出入りするのはいかがなものかというのがひとつ。もうひとつは、坊ちゃんがむざむざと負けるのを見過ごすわけにはいきません」

「なんで負けるって思うんでえ」

「坊ちゃんですから」

誠二郎はきっぱりと言い切った。その様子がなんだかおかしくて、けいは思わず笑ってしまった。

「なにがおかしいんでえ」

「だって、金さんのことをなんでも知っている様子ではないですか」

「ええ。坊ちゃんのことは幼い頃からよく知っていますから。では、参りましょう」

「いや、だめだ」

「どうしてですか」

「場の空気をぶち壊すじゃねえか、お前」

「それは気のせいです」

誠二郎が言い返す。

「とにかくだめだ」

金四郎がきっぱりと言う。

「わかりましたよ。坊ちゃんがそこまでおっしゃるなら、ついていきません」

誠二郎がしぶしぶ言う。

「わかればいい」

金四郎はほっとした様子になった。

「ところで、武士の恰好《かっこう》にならないのですか」

けいが言う。

「これじゃだめかな」

「遊び人風なのに武士といっても疑われるだけでしょう？ 裃《かみしも》までとは言いませんが、きちんとした羽織をお召しになった方がいいと思います」

「どうしたんですか？」

誠二郎が口を出してきた。

「旗本として賭場に行くことにしたのです。だからもう少し武士らしい恰好ができるといいのですけれども」

「それならここにあるでしょう」

誠二郎があっさり答える。

「そうなのですか？」

「ええ。王子みたいな遊び場の多い場所では、茶屋にさまざまな衣装が用意してあるものです。借りればいいですよ」

そう言うと、誠二郎は部屋から出ていった。

戻ってきたときには金四郎の着物を手にしていた。

「ここで借りました。少々安物ですが、坊ちゃんは品があるから大丈夫でしょう」

縹色《はなだいろ》の着流しに黒の羽織である。なかなかいい品物であった。家紋は入っていないから家柄はバレないようになっている。

「それとこれを」

誠二郎が切り餅《もち》を四つ、差し出した。

「負けてもいいですが、貧乏くさいのはいけませんよ」

「すまないな」

金四郎は素直に受けとった。

「待ってください」

けいは二人に声をかけた。

「なんでしょう」

誠二郎が言う。

「わたくしも着替えます。武家というのであれば浴衣《ゆかた》で外出などはもってのほかです。松さんに言って単衣《ひとえ》を借りてきます」

慌てて部屋を出る。

厨房《ちゆうぼう》に松はいた。

「どうしたんだい」

「賭場に行かなければいけないのですが、浴衣というわけにもいきません」

けいが言うと、松も頷いた。

「まったくだね。今日は少し冷えそうだから、少し季節はずれだけど袷《あわせ》の着物の方がいいと思うね」

そう言ってすぐに準備してくれる。

白地に紅色で牡丹《ぼたん》をあしらってある。赤は武家の色なので、町人は遠慮する色だ。この模様であればいかにも武家風といえた。

部屋に戻ると、金四郎はまだ着替えずに部屋にいた。

「よく似合うな」

金四郎が目を細めた。

「嬉しいです」

けいが返すと、金四郎が立ち上がった。

「着替えてくる」

そう言うと、金四郎は襖《ふすま》の向こうに消えた。

帯を解《と》く音がして、ほどなくしてけいの前にやってきたときには、いかにも若侍という出で立《いた》ちである。

「じゃあ行こうか」

そう言って、金四郎は爽やかに笑ったのであった。

第三章

もちろん普段の金四郎も十分にかっこいいとは思っている。

だが、武士の身なりをして凛《りん》とした様子で歩いている金四郎は格別だった。隣を歩いていて、つい金四郎の方をちらちらと見てしまう。

「いかがしたのだ」

金四郎がけいの方を向く。言葉もすっかり武士に戻っている。そのまま遠山家に戻って祝言《しゅうげん》を挙げたいくらいだ。

「このまま祝言を挙げましょう」

つい口に出してしまった。

「無茶を言うな」

笑いながら、刀に手を添える。いつもと違ってしっかりと二本差しにしている。刀というのは子供のころから慣れていないと体の向きがおかしくなる。金四郎が刀を差している姿は、まさに「しっくり」という言葉がぴったりだった。

不動の滝の辺りに行くと、狐《きつね》の面をかぶった男たちがうろうろしていた。どうやら賭場《とば》への案内人らしい。

金四郎は男のひとりに近づくと声をかけた。

「この辺りに遊べる場所があるらしいな」

「どんな遊びをご所望《しょもう》で」

「手慰みといったところだ。奥も共に楽しみたい」

「奥様もですか。わかりました。しかし今から行く場所は金無しというわけにはいきませんぜ」

「承知している」

そう言うと、金四郎は懐《ふところ》から切り餅《もち》を四つ取り出した。百両である。面をつけているため男の表情は見えないが、明らかに気配が変わったのがわかる。

「そういうことでしたら、何も言うことはありません。いい場所にご案内しますよ」

男が、狐の面を持ってきた。

「これで顔を隠してください」

言われるままに面をつける。目から鼻にかけて、顔の上半分が覆われる。

けいたちが男の後に付いていくと、一軒の料理茶屋に辿《たど》り着いた。看板が出ていないので、どんな店かすらわからない。中に入ると、すでに何人もの先客が酒を飲んでいた。

料理茶屋というのは、中に入るとまず三十畳ほどの大広間がある。そこを通って、それぞれ別の部屋の中に入っていくのである。大広間の他に宴会用の部屋が六つ。博打《ばくち》はどの部屋でも行われているらしい。

大広間には丁半《ちょうはん》の場が設《しつら》えてあった。

「なるほど、そういうことか」

金四郎は何やら納得したようだった。

「何がなるほどなんですか」

「この大広間は素人《しろうと》用の丁半博打。こっから先の宴会部屋が本格的な博打の部屋で、金もより大きく動くって寸法だな」

「博打の種類はそんなに多いのですか」

「多くはないが、丁半より金が動くものがあるな。手本引《てほんび》きや双六《すごろく》なんかだ」

「双六でお金を賭けることができるのですか」

「おけいの言ってるのは絵双六のことだろう？　博打の双六はそれとは全然違う。双方で賽子《さいころ》を振り合うから双六って言うんだ」

けいが思っている以上に、博打には様々な種類があるらしい。この一年で町人としての修業をあらかた積んだ気になっていたが、まだまだ知らないことがたくさんあるようだ。

「最初はしばらく見物だ。何も賭《か》けない」

金四郎は当然のように言った。普段の金四郎なら賭場に入るなり、とりあえず少額であっても参加する。じっと見ているのは性《しょう》に合わないのだと思っていた。

「遊びのときはもちろん、最初っから張っていかねば面白くない。だが今宵は遊びに来たわけではないからな。ここにどんな客が来るのかじっくり見ておきたい。それに何もしなくても、しばらくすれば賭場の人間が声をかけてくる」

金四郎は自信ありげに微笑《ほほえ》むと、辺りをゆったりと見回している。

「眺めてるだけでもなかなか面白いぞ」

けいも賭場をゆっくりと見渡した。狐の面をかぶっている人々は、身に着けているものからすると身分の高い人間が多いようだ。

大店《おおだな》の番頭のような人間はいない。明らかに店の主人と思われる人間が主流であった。それとは別に、何の職業か見当もつかないが羽振りだけは良さそうな連中もいる。そういった連中が徒党を組んでやって来ていた。

一人、明らかに場違いな男が座っていた。賭場は、金を直接賭けるのではなくて、コマと呼ばれる木の札を賭ける。

胴元に言って金をコマに変えてから張るのである。コマには何種類かあって、一枚が一両のコマもあれば、百文のコマもある。

今日の賭場では、一両のコマを使う人間が多かった。その中で、百文の小さなコマを積み上げている。

そして場を見る目が誰よりも鋭い。目立つ浅葱色《あさぎいろ》の着流しであった。町人というよりは渡世人《とせいにん》という風情《ふぜい》だ。

「賭場に顔が利《き》くやつに違いない」

金四郎がけいに耳打ちをした。

そう言われてみると、確かになにやら怪しい気配がある。

「賭場というのは客にも様々な役割があるのだ。我々の出番が来るまでしばらく酒でも飲んでいよう」

金四郎は賭場の人間に目配《めくば》せをした。すぐに若い衆が駆けつけてくる。

「何かご用でしょうか」

「勝負の前に口を湿らせたい。酒とつまみを所望いたす」

「すぐにお持ちします」

若い衆は笑顔で店の奥に消えていった。

「愛想のいい方ですね」

「博打のときに酒を飲むのは巻き上げられたいと言ってるようなものだ。いいカモが来たと思って嬉《うれ》しくなっているのさ」

「お待たせしました」

若い衆が酒とつまみを持ってきた。酒はほんのりと温めてある。つまみは蛸《たこ》を煮たものと鰹《かつお》の酢の物であった。

「これはなかなか気の利いたつまみであるな」

金四郎がゆったりと若い衆に声をかけた。

「味もなかなかですぜ。酒も料理もたっぷりあるから、いつでも声をかけてください」

若い衆が去った後、金四郎は興味深そうに料理をしげしげと見ている。

「さすがは賭場の料理だ」

「これは賭場のための料理なのですか」

「蛸というのは〝多幸〟に掛けた縁起物《えんぎもの》だ。鰹は〝勝つ〟に掛けてある。鰹の皮が剝《は》いであるだろう? 皮を残したままで、たたきに見えるのを避けたのだ。〝叩《たた》かれる〟に通じるからな」

「考えてありますね」

言いながら、けいは料理に箸《はし》をつけた。

蛸はすり潰《つぶ》した納豆とともに煮てあった。納豆が蛸の味わいにコクを加えている。薬味には糸状に細く切った唐辛子《とうがらし》が添えてあった。

鰹の方は一旦火で炙《あぶ》ってから、薄く切って刺身にしてある。ほんの短い時間、酢に浸《ひた》していたようだ。酢締めの鰹はたたきとはまた違った風味があって、さっぱりとして美味《おい》しい。こちらにはすりおろした生姜《しょうが》が添えてある。

どちらも酒が進む味付けになっていた。

「これは美味しいですね。舟八でもぜひ出したいです」

「適当に酒が進んでくれないと困るだろうからな」

金四郎は徳利《とっくり》の酒をぐっと呷《あお》ると、切り餅を三つ出して若い衆を呼んだ。

「これを全部コマに換えてくれ」

「切り餅全部ですかい」

「足りぬか」

「いえ、十分です」

若い衆は金四郎の前にコマを積み上げた。七十五両分で七十五枚である。

賭場で七十五両と言うと、何ほどもないように見えるが、親子三人でつましく暮らせば七年は生活できる金額である。

博打というのは人間の大切な感覚を狂わせてしまうように思えた。

ふと見ると、金四郎はある客に目を留めているようだった。

「気になる方がいるのですか」

「うむ。あそこで取り巻きを連れて飲んでいる若い男がいるだろう？」

金四郎の視線の先を見ると、若い男がいた。口元しか見えないが、明らかに不機嫌そうである。萌黄色《もえぎいろ》の着流しに赤い細帯と遊び人風である。先ほどの鋭い雰囲気の男と恰好はやや似ているが、雰囲気はまるで違う。

取り巻きに機嫌を取られながらの博打である。

目の前には一両のコマが百枚以上積まれている。だが、勝って得たコマではなくて自分の金で両替したもののようだ。

どこかの大店の若旦那というところだろう。

「あの男、次は勝つ。見ているがいい」

「半だ」

男が半と言って木の札をごっそりと半に賭けた。にもかかわらず自分の目の前に金を置いているのは、まだまだ余力があるぞという見栄《みえ》であった。

他の客はその男が半に賭けたのを見ると、一斉に丁に賭けた。どうやらその男の逆目に賭けるのが今日の流れだと思っているようだ。

「半」

ついに金四郎が動きを見せた。涼やかな声で半に賭ける。

「わたくしも半です」

けいも金四郎に乗っかって半に賭けた。若旦那風の男は二十五両、金四郎とけいは五両ずつである。壺《つぼ》を振る男は一瞬嫌そうな顔になったが、すぐに表情を消した。

賽子を開く。

その場の視線が一点に注がれる。

「五二《グニ》の半」

声が響き渡る。男の元にコマが集まっていく。

「これならすぐに取り返せますよ、旦那」

若旦那の取り巻きが笑顔で酒を勧めた。

金四郎のところにも酒を持った若い衆が寄ってくる。

「すごいですね、旦那。一発目から大漁だ」

「祝儀だ。持っていくがよい」

金四郎は若い衆に一分金《いちぶきん》を渡した。

「こいつはすげえ。ありがとうございます」

若い衆が顔をほころばせた。

「祝儀の礼を求めるわけではないが、ひとつ聞かせて欲しい」

「何でしょう」

「あの貧乏くさい男は何だ。いるだけで空気を乱しているような気がするが。あの細かいコマはなんだ」

金四郎に言われて、若い衆は困惑した表情になった。

「入れてくれないと店の前で暴れるって言うんですよ。あいつは滝壺《たきつぼ》の伝七《でんしち》って言いましてね、王子の裏の裏まで知っている男なんです。だからあんまり揉《も》めたくないんですよ」

「では、王子の料理屋なども存じておるのか」

「それはもう、大きい店から小さい店まで。どこの板前が店を飛び出して新しい店を作ったなんてことまで何もかも知っています」

「だが博打の才はないようだな」

「そうですね。あれならすぐにすってしまうでしょう」

「あの男の金がなくなったらここに呼んでくれないか。奥と楽しく過ごせる静かな店を探しているのだ」

「へい。わかりました、殿様」

若い衆は金四郎を大身旗本《たいしんはたもと》か大名だと判断したようだ。自分の妻のことを「奥」と呼ぶのは大名か大身旗本だけである。付け焼き刃で金持ちになりすましても、こういうことからすぐにバレてしまう。

とにかく今日は自分も金四郎のことを「殿」と呼ぶべきだろう。

もしかして——けいはハタと思った。

近い将来に本当に殿、奥と呼び合う仲になるための天啓ではないだろうか。けいの今日の幸運色は朱色で、体のあちこちに朱色の小物を忍ばせていたのだ。

　これは幸先がいい。

「ところで、なぜ先ほどの若旦那風の方が勝つとわかったのですか」

「今日の賭場はあの男から金をむしり取るためにやっているようなものだ。あとの客は適当に遊んで帰ってくれればそれでいいというわけさ」

「どういうことですか」

「賭場というのは、客から五分の手数料をとって場を回している。結局のところ勝ち負けはどちらでもいいのだ。ただ印象に残るような演出があった方が、客が喜ぶからな。そのためには一人、身ぐるみ剝がされるほど負けるやつがいた方が盛り上がる。さっきみたいに、あの男を中心に客が何に賭けるかを決めるだろ？そうすると壺を振る側としては、この賭場の流れを支配しやすいのさ」

　けいが思っているより、博打はずっと作為的なようだ。

「先ほどは負けが込んで、そろそろ帰ると男が言い出したのではないかな。だからわざと勝たせて期待を持たせたのだろう」

「なるほど」

「人は絶望では破滅しない。そこに希望があるから最後まで己を懸けてしまうのだ。博打で恐ろしいのは絶望ではなく希望なのだ。もっとも、これは政《まつりごと》においても同じこと。くだらない希望を持った連中はかえって幕政をかき回すからな」

金四郎はいかにも武家らしい風情で語る。

けいが声を潜《ひそ》め、金四郎にささやきかけた。

「あの……殿」

「なんだ、奥?」

「もしかして、わたくしへの戒《いまし》めということはないですよね」

「何の戒めだ」

「押しかけ女房見習いなどと言っているが、勝手に期待すると絶望するぞということを暗におっしゃっているのですか」

「こんなときにそんな話はよしてくれ」

金四郎が苦笑した。

「わたくしにとっては一番重要なことです。わたくしは期待してはいけないのでしょうか」

そうは言いつつも、けいとしては金四郎に疎《うと》まれているとは思っていない。ただ、一応確かめておきたいのだ。武士の身分を捨てた以上、けいを娶《めと》れないという気持ちもわかる。だが、けいとしては、自分が町人になってもいいという覚悟もあるのだ。

「そんなことはない。だが少なくとも今ではない」

「では、今日のところは殿と奥ということでよろしいのでしょうか」

「本日はさように過ごす」

これで王子にいる間は堂々と夫婦として振る舞える。この事件にかこつけて、一気に押しかけ女房の免許皆伝を許されるかもしれない。

けいは途端にうきうきしだした。

「今日は勝ち切るぞ」

金四郎がきっぱりと言った。勝ち切る、と言うからには自信があるのだろう。そこにはなんの疑いもない。

勝ったり負けたりを繰り返しながら着実に増やしていく。

けいも、金四郎と同じ方に張ったり、気まぐれに逆張りをしたりして楽しんだ。賭場の熱気もあって、かなり気持ちが高揚する。

「楽しい。金さん、やばいです。楽しいです」

けいが言うと、金四郎が苦笑した。

「おいおい。やばいなんて言葉をどこで仕入れたのだ」

「増吉さんたちが言ってました」

「それはあまり品のいい言葉ではないぞ」

「そうなんですか？　響きがいいから使ってみたのです」

「あいつらもどうしようもないことを言うな。そいつは盗人《ぬすっと》の言葉だ。〝厄場い〟と書いて〝やばい〟と読むんだけどな。危ないって意味だぞ」

「増吉さんたちは、もっと別の意味で使ってましたよ」

「ああ。牢屋《ろうや》に入りそうなくらいどきどきするという意味もあって、楽しいときにも使うんだけどな。本来はまさに厄場《やば》いという意味さ」

どきどきするには違いないということか。

いずれにしても、金四郎の前のコマは確実に増えていった。

一方、すべてのコマを失ったのか、貧乏くさい男が金四郎のところに案内されてきた。

「あっしにご用ですか、旦那」

「お前が伝七か。王子にたいそう詳しいらしいな」

「へえ、知らないことはまったくないと言っていいでしょう」

「奥と二人で美味いものが食べたいのだがな。王子と言えば扇屋《おうぎや》だが、扇屋で食べたところで有名すぎて自慢にもならん。大抵の人間は知らないが、ここで食べたと言えば鼻が高い。そのような料理屋を知っておるか」

「もちろん知っておりやす。ただ、そこはとっておきの店ですからね。ただで教えるというわけにはいきませんよ」

　金四郎はぽん、と一両を伝七に握らせた。

「これでどうだ」

「一両たあ、てえしたもんだ。もちろん案内しますよ。奥方様とご一緒ということは芸者や何かは要《い》りませんね？」

「酒と料理だけで構わない」

「わかりました。いつがいいですか」

「明晩でも大丈夫か」

「では昼七つを過ぎたころでどうでしょう。場所は弁天の滝のあたりで」

　弁天の滝は滝野川《たきのがわ》沿いにある王子七滝の一つである。岩屋《いわや》弁天の辺りにあるので弁天の滝と言われていた。

「わかった。その辺りに良い料理屋があるのだな」

「隠れ家と言っていいような店でして、案内人がいなければまず辿り着けません。お二人でよろしいですか」

「そうだな。それでいい」

金四郎が言うと、伝七は頭を下げた。

「じゃあ、ちょっとこの金で勝負してきますよ」

そう言うなり、自分の座っていた席へと戻っていった。

向こうでまだ勝負していた若旦那の方もかなりすったと見えて、腹立たしげな様子で席を立った。

「ところでなぜ料理屋に？」

けいは思わず尋ねた。

「なに。せっかくここまで来て、王子で名の知れた料理屋で食事をしないということもないだろう。賭場に行ったら料理屋にも足を運ぶのが流儀さ。もし誰かに尾けられているなら、かえって何しに来たのかと怪しまれてしまうだろう？」

確かにそうだ。けいとしては金四郎と二人で食事することに異論はなかった。

「我々もそろそろ暇《いとま》を乞うことにするかな」

金四郎が立ち上がろうとしたとき、誠二郎が賭場に入ってきた。

「坊ちゃん！　勝ってますか？」

大声をあげながら、金四郎の方に顔を向けると手を振った。

全員の注目が金四郎に集まる。

「あの野郎」

金四郎が周りに聞こえないように、こっそり毒づいた。

誠二郎はいそいそと金四郎に近寄ってくる。狐のお面など、正体を隠すのにまったく役に立っていないということだ。

「お。勝ってますね。坊ちゃんのような人はカミ旦《だん》っていうんですよ」

誠二郎がしたり顔で言う。

「カミ旦ってなんでしょう」

けいは思わず尋ねた。

「カミソリ旦那の略でね。カミソリのように切れる旦那衆ってことです。そう言いながらも、結局は金を巻き上げられるんで、たいていは歯ごたえのあるカモってところです」

誠二郎がこともなげに言った。

「殿はしっかりと勝っていますよ」

けいが反論する。

「そうですか。見たところ少し勝ちすぎですね。少し吐き出しましょう」

「吐き出すのですか？」

「初めての賭場で何十両も勝ってはだめですよ。せいぜい五両くらいにしないと」

「であるな」

金四郎が鷹揚《おうよう》に頷《うなず》いた。

それからしばらく、金四郎は誠二郎に言われるままに賭けて、金を減らしていく。世間知らずの主人と質《たち》の悪い付き人といった体《てい》だ。

「上手《うま》く負けるんですね」

誠二郎に導かれた金四郎は、ずるずるとコマを減らしていく。勝ったり負けたりには違いないが、負けの割合が増えていった。

反対に若旦那の方が上手く持ち直していく。賭場の雰囲気が、金四郎と若旦那のふたつの軸を中心に回っていく。

そのせいか熱気が増し、賭けるコマは全体的に増えていく。

「いい場になりましたね」

誠二郎が楽しそうに言った。

「今日は勝ってもよかったんだけどな。まあいいだろう」

「そういえば、初めての賭場で勝ってはいけないのですか？」

けいは気になることを聞いた。

「場を荒らしにきたやつだと思われて、下手《へた》すれば襲われますよ。馴染《なじ》むまでは大人しくしてる方がいいんです」

誠二郎が言う。

「それは渡世人の考えだろう。俺には関係ない。まあ、今日のところはよかったけどな」

金四郎は若い衆を呼び寄せた。

「なかなか楽しかった。また来よう。これは手間賃だ」

そう言うと、惜《お》しげもなく若い衆に五両を握らせた。

「いつでもいらしてください」

若い衆が頭を下げる。

金四郎はけいと連れ立って賭場を出た。若旦那の姿が目の前にある。

「今日は楽しかったですね」

若旦那は、金四郎に声をかけてきた。

「まったくだ。またどこかで一緒になりたいものだ」

金四郎が笑う。

若旦那の体からは、桂皮《けいひ》の匂いがした。体に染みついた匂いとしては、なかなか変わった匂いである。

「薬種問屋《やくしゅどんや》でもなさっているのですか？」

「よくおわかりで。日本橋の富屋《とみや》といいます」

若旦那が笑う。

「若旦那。そんなに簡単に名乗ってはいけませんよ」

取り巻きが慌てたように言う。

「大丈夫だよ。このひとたちは品もいいし、お得意様になってくれるかもしれないだろう？」

それから、若旦那は上品な笑みを浮かべた。

「機会があれば、いつでもいらしてください」

そう言うと、取り巻きとともに去っていく。

「あれで身代《しんだい》を潰《つぶ》さないといいけどな」

金四郎は苦笑した。

「では、私もこれで」

誠二郎は満足したように去って行った。

「相変わらずすごいな。なにを考えてるかわからない」

「金さんのことが好きなのですね」

けいは思わず笑ってしまった。

「まあいい。ちょっと出かけよう」

「どこにですか？」

「賭場であれだけ目立ったんだ。盗賊に目をつけられてるかもしれないからな。おびき出してやるさ」

「では、このまま浅草に帰りますか」

「いや、帰らない」

「殿に何かお考えがあるのですね」

「二人きりなんだから、殿はよせよ」

金四郎が照れた顔をする。しかも嫌そうではない。今日はもう少し押してもいける気がする。

「夫婦ですから、殿と奥で良いではないですか。響きもよろしいですし」

「まあいいさ。尾《つ》けられてるなら、しばらくは殿様っぽく行こうじゃねえか」

「どこに参るのですか」

「俺の家に立ち寄ろう」

「遠山家にですか」

「ああ、弟が住んでいるよ。父上と母上もな」

「このような格好《かっこう》でご実家にお邪魔するなど、とてもできる相談ではございません」

「訳ありだって言えばいいだろう」

「堀田家の名前に傷がついてしまいます」

けいは思わず抵抗した。いくらなんでも、遠山家を訪ねるのに袷で行くわけにはいかない。

白い着物は、昼ならいいが夜に着るのははしたない。夜に白を着るのは、自分は美人ですという主張なのである。

だから、特に武家の女は夜には白を避ける。反対に吉原《よしわら》の芸者などは、夜に白い単衣《ひとえ》を着ることはそれなりにある。

「今回は許してくれ。どこかに着替えに寄ったら都合が悪いだろう」

「殿の家はどちらにあるのですか」

「うちは汐留橋《しおどめばし》のそばの源助町《げんすけちょう》って辺りにある」

「それなら行く途中の道筋に堀田家があります。立ち寄って、着物に着替えさせていただきます」

「そんなことしたら、尾けてる相手にお前の家のことがわかってしまうだろう」

「別に構いません。殿の家に白の袷で訪ねることを思えば、何ほどのこともありません」

けいの勢いに金四郎は気圧《けお》されたらしい。

「わかった。少しだけ立ち寄ろう」

これはいい機会かもしれないと、けいはうきうきした。一気に両家の顔合わせをするも同然ではないだろうか。事件の解決も大切だが、小さな既成事実を積み重ねることも同じくらい大切だ。

巣鴨《すがも》から駕籠《かご》を捕まえて上野《うえの》まで出る。その後、猪牙舟《ちょきぶね》を雇うと半蔵御門《はんぞうごもん》まで舟で向かうことにした。

「しっかり猪牙舟がついてきやがるな」

「途中で襲うつもりでしょうか」

「それはないだろう。あくまで正体を確かめたいというところじゃねえか」

王子から外桜田《そとさくらだ》門、汐留橋までとなると江戸の端から端である。どうしてもそこそこの時間はかかってしまう。夏で日が長いとはいえ、けいの家に着く頃には日はとっぷりと暮れていた。

慶賀門《けいがもん》を叩くと、門番を務めている八十助《やそすけ》が驚いたような様子を見せた。

「お嬢様、一体こんな時間にどうされたのですか。そちらの方はどちら様ですか」

「こちらは遠山金四郎様です。理由《わけ》があって着替えに戻って参りました」

八十助は金四郎の名前を聞き、「このお方が……」とハッとなったが、すぐに表情を引き締めた。

「とにかく家にお上がりください」

けいと金四郎は玄関で足を洗うと、とりあえず広間に通された。押しかけ女房見習いの身とはいえ、いくらなんでもけいの部屋に金四郎を招くわけにもいかないからだろう。

ほどなく父親の一定が広間に入ってきた。

「これは金四郎殿、よくぞ参られた」

「夜分に突然申し訳ありません」

金四郎が畳に手をついて頭を下げた。

「なに、気にすることはない。ゆるりとされるがよい」

「それがあまり時間がないのです。けい殿を連れて、これから実家に参らねばなりません」

「それは慌《あわ》ただしいな。いま酒を用意しておるので少し待たれよ」

「酒を飲んでいる時間はありませぬ」

金四郎は慌てて断った。

「固めの盃《さかずき》の時間くらいはあるだろう」

「固めの盃？」

「けいを嫁にする決心がついたから我が家に来たのであろう？　父親の私が言うのもなんだが、けいは気立てのいい娘だ。金四郎殿はそこが気に入ったのではないのか」

「いいえ、まだそのような関係には至っておりません」

金四郎が言うと、一定はじろりと金四郎を睨《にら》んだ。

「一年も一緒にいて気に入らぬとは、金四郎殿は私の娘をもてあそんでいるのかな」

「そのようなことではござらん」

金四郎は慌てて首を横に振った。けいも側から言い添えた。

「そうですよ、父上。金四郎様はいつも優しいです。今日もわたくしのことを〝奥〟とお呼びくださいました」

「それならばもはや夫婦ではないか。固めの盃に意味があるわけではないが、武家というのは窮屈《きゅうくつ》な習慣を持っているからな。一応義理の父として、一献差し上げたい」

「そうではございません」

金四郎が焦りながら言う。

「ではなぜけいを遠山家に連れて行くのだ。嫁としての挨拶《あいさつ》のためではないのか」

「何か言ってくれ、おけい」

金四郎は助けを求めるように、けいに声をかけた。

「もちろん妻としてきちんとご挨拶させていただきます」

けいは澄まして答えた。

「違うだろう」

「まったく違いません」

けいが言うと、金四郎は裏切り者めという目でけいを見た。しかし、元はと言えば、けいを一年も待たせている金四郎が悪いのである。ここはひとつ、一気に決着をつけるのも悪い考えではない気がする。

「わしの娘は眼鏡《めがね》に叶わぬということか」

一定が重々しい声で言った。金四郎が慌てた様子を見せる。

「そういうわけではございません。ただ、迂闊《うかつ》なことをすれば御当家にご迷惑かかるのではないかと思っております」

「わしが、金四郎殿の何を迷惑だと思うのだ」

「家格もそぐわないではございませんか。堀田家四千石に対して、遠山家は五百石。これではいかにも不釣り合いでしょう」

「何を古いことをおっしゃる。金四郎殿の父君は江戸の三傑と言われる秀才ではないですか。昌平坂《しょうへいざか》の学問所で常に首席を取り、才覚ひとつで長崎奉行に上り詰めたお人でしょう。養子とはいえ金四郎の名を名乗っているあなたが、才覚のない男だとはとても思えません」

「金四郎と名乗っているのは、私に才覚があるからではありません。単純に遠山家は長男が金四郎と名乗るしきたりであるだけですよ」

金四郎は遠山家の養子である。金四郎と養子縁組した後に弟の景善《かげよし》が生まれたのである。父の景晋《かげくに》は景善を養子とし、金四郎を景善の子とすることで遠山家の血を守ったのだが、将来的に遠山家は家督相続のたびに「誰の血か」ということを考慮しなければならなくなる。

だからこそ金四郎は家を飛び出して遊び人をやっているのである。

「このまま一生遊び人で過ごすかもしれない私に、娘さんを預けるというのはいかがなものかと存じます」

一定はごく真面目な表情で、金四郎の目をまっすぐに見据えた。

「それならそれで構わない。遊び人の妻として生涯を過ごすのも一興ではないか」

「それは無責任というものでしょう」

「あの娘《こ》は気立てはいいが、好きでもない男と一年も一緒に過ごすような娘ではない。もし好意がないのなら、娘が何もしなくても女中の彩がお主《ぬし》を縊《くび》り殺しているだろうよ」

確かにそうだ。なんだかんだ文句を言いつつも、彩も金四郎を追い払ったりはしない。

つまり、金四郎はけいの味方に完全に包囲されていることになる。

「お主の身分など、どうでもよい。遠山金四郎という一人の男を、娘が好いておるのだ。親としてそこに異存はない。無論、お主が武家の世界に戻ってきて活躍してくれるのが一番嬉しいがな」

一定はけいの方に目を向けた。

「金四郎殿が一生遊び人だったとしても、お前は構わぬのか」

「もちろん構いません」

けいは胸を張った。こうなってしまうと、金四郎は何の言い逃れのしようもない。

「今日のところは保留ということでよろしくお願いします」

金四郎が頭を下げる。けいとしては、これは勝ったも同然である。拒絶ではなく保留というのは、やがて折れると宣言しているようなものだからだ。

しかもこれから遠山家にお邪魔するということは、実質、両家の顔合わせと思って構わないだろう。

「取り急ぎ、着替えて参ります」

けいは自分の部屋に戻ると、着物を選んだ。

今日は青地に木瓜《ぼけ》の模様を散らしたものを選ぶ。黄色い帯を締めると、けいは広間へと戻ったのであった。

「遠山殿の家族によろしくな」

「もちろんです」

けいはうきうきと答えた。

「仕方がない。では参ろう」

けいは金四郎とともに家を出ると、遠山家に向かうことにした。

金四郎の家は汐留橋からしばらく歩いた源助町の近くにある。神保小路《じんぼうこうじ》という通り沿いの家だ。

長崎奉行まで上り詰めた遠山家の家にしては小ぶりである。実質どれほどの地位に就こうが、家の格としては五百石。堀田家のような広さはない。

金四郎が不寝番の男に声をかけると、男は魂《たましい》が抜けたような顔になった。

「金四郎坊ちゃん……！」

「坊ちゃんはよせ」

金四郎が顔をしかめた。

「坊ちゃんでしょう」

男が言い返す。どうやら金四郎の小さい頃から面倒を見ている様子だ。男からすれば、金四郎はいくつになっても坊ちゃんなのだろう。

「悪いが、中に入れてもらえぬか」

「ここは坊ちゃんの家ですよ。何の遠慮がいるって言うんですか」

男はそう言うと、門の中に駆け込んだ。

「慕われていますね、坊ちゃんは」

「からかうなよ」

金四郎は照れたような顔をした。

その表情を見る限り、家の者との仲が悪かったようには見えない。おそらくは愛されて育ったのだろう。にもかかわらず家を出るというのは、複雑な心境なのに違いない。

しばらくして門番とともに一人の男が出てきた。金四郎よりはやや若い。顔立ちは似ていないが、醸し出す雰囲気はどことなく似ている気がする。

「兄上」

男はそう言うと、金四郎の両手を包み込むように取った。

「お久しぶりです。父上」

金四郎がやや他人行儀に頭を下げる。

「家の中で父上はおやめください。景善とお呼びください」

「しかし、父上は父上です」

「それはあくまで書面上のこと。家の中では弟です」

二人の会話を聞いて、けいはなんとなく察しがついた。つまり書類上では、金四郎は弟の息子というわけだ。しかし実際の関係性としては、やはり兄弟ということなのだろう。

景善と呼ばれた相手はいかにも性格がよさそうである。そして心から金四郎を慕っているように見えた。

押し問答の末、金四郎は兄としてふるまう決心がついたようだった。

「景善か。久しいな」

金四郎の顔がほころぶ。

「兄上、お戻りになる決心がついたのですか」

景善は嬉しそうに手を握っている。

「まだ戻る気はねえよ」

金四郎が言うと、景善は落胆した表情になった。

「いつでもお戻りください」

「遠山の家はお前が継ぐべきだ。俺なんかが継ぐもんじゃねえよ」

金四郎が遊び人のような口調で笑顔を見せた。血はつながっていないとはいえ、兄弟仲はいいのだろう。お互いに相手のことを思いやっているがゆえに、かえって仲がこじれたようになっているのに違いなかった。

「そちらの方は」

景善に問われて、けいは頭を下げた。

「堀田けいと申します。父は堀田一定、兄は一知と申します」

「おお、あの堀田家のお嬢様ですか。いよいよ兄と夫婦になられるのですか。するとこれはお忍びの顔合わせということになりますね」

「そうなのです」

けいは大きく頷いた。これは話が早そうだ。

「どうぞ中にお通りください。けい様と婚姻の上で遠山家を継がれるというわけですね」

「だから早とちりするな。今日は別の用事で来たんだ」

言いながら金四郎はけいの手を握って家の中へと入った。この状況で手など握っては、夫婦になりますと宣言しているようなものだ。

手を握られると胸がどきどきする。これがやばいということか。賭場でのやばさよりも数段上である。

緊張して足が上手く動かない。

「どうした?」

金四郎が不思議そうに聞いてきた。

「緊張して足が上手く動きません」

「なぜだ?」

「ご両親へのご挨拶でしょう?」

「そんなにかしこまったものではない」

金四郎はくすりと笑った。

いや、かしこまったものだ。けいは心の中でそう思った。しかし、緊張でなんだか唇がしびれてしまって上手く声が出ない。

あとは黙って金四郎に従った。

家に入ると奥の広間に通され、しばらくして金四郎の両親が現れた。

「堀田のお嬢様でござるか。拙者、遠山景晋と申します」

「りつでございます」

「堀田けいと申します」

けいは両手をついて挨拶をした。

「一定殿から話を伺《うかが》ったときには冗談かと思いましたが、金四郎がお世話になっております」

「こちらこそお世話になっております。同じ家に暮らしてもう一年になります」

「正式な手続きもしていないのに、もうそんなに長く暮らしているのですか。金四郎、いくら遊び人になったとはいえ少々不埒《ふらち》ではありませんか」

金四郎の母親のりつは、いかにも規律に厳しそうな雰囲気である。

「しかし、母上」

「しかしとは何ですか、金四郎。しかし、仕方がなかった、本意ではなかった、などという言葉は武家に生まれた以上、口にしてはなりません。世が世なら、手討ちになっても仕方のない言葉ですよ」

「大身旗本堀田家のお嬢さんと一年も暮らしておいて遊びでした、などという言葉が冗談でも通じると思っておるのか。金四郎」

景晋も金四郎を睨む。

「……しかし」

「しかし？」

りつがあらためて睨みつけた。それからりつは、けいの方を向いて頭を下げた。

「息子が不調法で申し訳ありません。このとおり、息子は家を出て遊び人の身。ご承知の上とは申せ、お父上は何もおっしゃっておられませせなんだか」

「父は金四郎様に嫁《とつ》げと申したのです。遠山家の身分に嫁いだわけではございません。それに今は押しかけ女房見習いの身なのです。金四郎様がよしと言ってくださるまで、身の回りで花嫁修業をさせていただいております」

景晋が手を叩いて小者《こもの》を呼ぶと、酒を命じた。

「酒の準備をいたせ。燗鍋《かんなべ》を用意せよ」

燗鍋というのは、武家が正式な場で用いる酒器である。町人の世界とは無縁の酒器で、料理屋などでもこれを使っているのは八百善《やおぜん》くらいなものだ。

「父上、燗鍋は大げさではありませぬか」

「固めの盃に大げさということがあるものか」

「父上もですか」

金四郎が天を仰《あお》ぐ。

「も、とはなんだ」

「先ほど堀田殿にも言われました」

「では、あちらでは盃を交わしたのだな」

「急ぐと言って断りました」

「なんと。それはいかにも無礼であろう。もう祝言を挙げてもいいころだ」

「私抜きで話をつけるのはひどいでしょう。家柄など気にしているなら、それは『葉隠《はがくれ》』の読みすぎですよ」

金四郎が肩をすくめた。

『葉隠』とは、武士の生き方の手本が記されていると言われる本である。武士は『葉隠』を手本にすることが望ましいと言われているが、実際にはお中元やお歳暮の送り方など、せせこましいごまのすり方がたくさん書いてある。

「『葉隠』など田舎侍《いなかざむらい》の出世術ではないか。教養として読んではいるが、影響を受けるようなことなどあるはずがなかろう」

景晋が金四郎を睨むと、金四郎は悪びれもせず肩をすくめた。

「このように美しい方のどこに不満があるというのですか」

景善も参戦する。

「不満はないさ。最近は飯も上手く炊けるしな」

「炊事などさせているのですか」

りつが柳眉《りゆうび》を逆立《さかだ》てた。

「船宿に住んでいるんだから、飯ぐらい炊くだろう」

「それでしたら家から女中を送りましょう」

りつが言う。

「それは気疲れしてしまいます。それにわたくしは金四郎様のために料理を作りたいのです」

けいの言葉に、りつが声を震わせた。

「なんと健気《けなげ》な。どうか金四郎をよろしくお願いいたします」

「こちらこそ」

けいが返事をすると、金四郎が慌てたように割って入った。

「勝手に話を進めるな」

そのとき、ちょうど酒が運ばれてきた。燗鍋に朱塗りの盃。それとは別に黒塗りの盃が用意されていた。朱塗りの方は大中小と三枚の盃が重なっている。

「いやいや。これは三三九度の盃でしょう。なんでうちにこんなものがあるんですか」

「私がここに来るときに使ったものです。何か文句でもありますか」

りつがにこやかに言った。

「文句はありませんが、気が早すぎるでしょう」

「少しも早くないと思います」

けいが答えると、金四郎は真面目な顔で全員を見渡した。

「いま江戸では凶悪な盗賊が暴れています。そいつらを捕まえるために、おけいと行動しているんです。ここで三三九度の真似事《まねごと》をしている時間は、残念ながらありません」

「ではこの後出かけるのか。この深夜に」

「いえ。今日はここに泊まる予定です」

「では時間の問題も何もないではないか。固めの盃といこう」

景晋が言う。りつも身を乗り出した。

「盃ぐらい良いではないですか。明日、祝言を挙げようというわけでもないでしょう」

こうなっては完全に金四郎の負けである。両家の顔合わせはもはや既成事実となったと言ってもいいだろう。

思いもかけない展開となったが、これも神仏の加護というものだ。

「嬉しそうだな、おけい」

「もちろんです」

けいは答えた。もちろん嬉しい。ここにいるのは、けいの味方ばかりだ。

「いいから飲むがいい」

景晋が強引に金四郎に盃を押し付けた。金四郎が困り果てた表情になる。このあたりで矛《ほこ》を収めておかないと、後々面倒なことになりそうだ。そろそろ祝言ごっこをおしまいにしないと、さすがの金四郎も気分を損ねてしまうかもしれない。

「ただ、お気持ちは大変ありがたいのですが……」

けいは畳に手をついた。

「金四郎様が心の底からわたくしを妻にしたいと思ったときに、きちんとこの盃を使わせていただきたいと思います。それに盗賊事件にかこつけて固めの盃など縁起《えんぎ》が良くありません」

りつが心配そうな表情になった。

「けい殿はそれでいいのですか」

「問題ありません。わたくしは金四郎様を信じていますから」

けいに言われて、遠山家の人々も納得したようだった。

「それよりも江戸の中を凶暴な盗賊が暗躍しているのに、火盗改《かとうあらた》めも奉行所もまるで捕まえることができないことの方が大きな問題です」

「確かにそうだな」

遠山家は盗賊と戦うような職責には就いてはいないが、武家として江戸の治安が乱されるのを黙って放置しておくわけにもいかない。

「金四郎には何か策があるのか」

「あるからわざわざこんなところに来たんですよ」

金四郎が棘《とげ》のある口調で言った。先ほどの祝言騒ぎがまだ気に障《さわ》っているらしい。

「そう毒づくな。お前に考えがあるなら、協力はする。今日のところはもう休め。酒は飲むか」

「いえ、結構です。さっさと寝ますよ」

金四郎はそう言うと、ぱっと立ち上がった。

それから思い出したように景晋の方に視線を向けた。

「ところで。誠二郎がやってきたのですが、父上の差配ではありますまいな」

「誠二郎が？ いや、わしはなにも知らぬ。そうか、息災であったか？」

「相変わらずですよ。こちらには顔を出していないのですね」

「誠二郎はわしのことを憎んでいるだろう。お前を追い出したと思っているからな」

景晋が、仕方ないな、という顔になる。

どうやら、誠二郎は金四郎に仕えていたのだが、金四郎が家を出ると同時に遠山家から離れたようだ。

それなのに金四郎のいる舟八には来なかったというのは、どんな理由があるのだろう。けれども、そこを詮索《せんさく》するのはいかにも不躾《ぶしつけ》に思われた。

「ところで、どこで寝ればいいのでしょう」

気持ちを切り替えるように金四郎が言う。

「お前の部屋はそのままにしてある。使うといい」

「ありがとうございます」

金四郎は他人行儀な口調で言うと、広間から出て行った。

「よろしければ金四郎の後を追われるとよい」

景晋に言われるままに、けいは金四郎の後を追う。金四郎は足早に、かつて自分が使っていた部屋に戻って行く。手荒に襖《ふすま》を開ける音がして、それに続いて金四郎の声が聞こえてきた。

「やりやがったな」

武士ではなく、遊び人の口調で悪態をついている。

「どうしたのですか」

けいが慌てて金四郎のもとに歩み寄ると、部屋の中が見えた。二組の布団《ふとん》が隙《すき》間《ま》なくぴっちりと並べてある。

「これは少々あからさまですね」

「まあ、喜んでるのには違いないよ」

金四郎はため息をついた。

「とりあえず布団を動かそう」

「なぜですか。わたくしはむしろ布団は一組でいいと思っているのですが」

「よくねえだろう」

「いいえ。きちんと同じ布団で寝ていないと、どこかよそよそしさが出るでしょう。盗賊に夫婦でないと気取《けど》られては目的が果たせないのではないですか」

「そのくらいで見破られたりしないだろう」

「盗賊は相手を観察するのも仕事です。相手の能力を必要以上に低く見積もるのは危険だと思います」

けいに言われて、金四郎は少し考え込んでから舌打ちした。

「あながち間違ってるとは言い切れないな。仕方ない。今日のところは折れておくことにするぜ」

金四郎はそう言うと用意された寝巻きに着替えた。布団に入ると、けいが入る隙間を作ってくれる。

「こいよ」

金四郎に言われるままに布団に入った。遠山家公認で金四郎と一つの布団に入ったとなれば、もはや夫婦といってもいいだろう。

金四郎の体温はけいよりもやや高い。ぬくぬくとした肌の感触を感じていると、あっという間に眠くなってしまう。

目を閉じてふたたび開けると、もう朝になっていた。

「早いうちに王子に帰るぜ」

金四郎に言われて、けいも頷く。なんといっても人の命が懸かっているのだ。

広間に出向くと、すでに景晋とりつの姿がそこにあった。

「金四郎、けい殿。朝餉《あさげ》の準備ができていますよ」

「母上、いまは時間がないのです。また次の機会に」

金四郎の言葉に一瞬、残念そうな表情を走らせたりつだが、さっとけいの方に向き直った。

「いつでもいらしてくださいい」

りつが笑顔を見せた。

「自分の家だと思ってくれていいのですよ」

「はい」

「お母様と呼んでくださってもかまいません」

「ありがとうございます。お母……」

「ほら行くぞ」

金四郎はやや邪慳《じやけん》に言うと、けいの手を引っぱって家を出た。

遠山家を出ると、左手は大名屋敷で静かなものである。右に曲がると町屋がある。町屋の方からは鼓《つづみ》の音が聞こえてきた。

「鼓の音がしますね」

けいが音のほうを見る。

「ああ。源助町っていうのはさ、能楽師や狂言師が住んでる町なんだよ。だから朝から鼓の音がするのさ」

「なかなか風流ですね」

「少しうるさいけどな」

金四郎が笑った。

「さっき影が通ったな。俺たちを見張っていたのかもしれないな」

「気のせいではないのですか？」

「気のせいかもしれないが、尾けられていると思っておいた方がいいだろうよ」

　確かに用心に越したことはない。

「わたくしたちのことが気になったんですね」

「そうだな。それともうひとつ、相手が俺たちに隠してることがあるだろう」

「それならわたくしにも心当たりがあります」

「おけいの心当たりってのは一体何だ」

「あの伝七という人。本当に王子についてそれほどまでに詳しいなら、天ぷら騒動のことも当然知ってるはずでしょう？　わたくしたちの顔を覚えていてもおかしくありません」

「俺もそう思う。わかっていて惚《とぼ》けているのかもしれねえ」

「なんのためにですか」

「遊び人の金さんってやつが突然金持ちの旗本として現れたら、誰だっておかしいと思うだろう。何か悪だくみをしているのではないかと疑うのが普通だな」

「では、わたくしたちが旗本の屋敷に入って行ったのを見て、どう思ったのでしょう」

「困っているだろうよ。盗賊を取り締まるだけなら、旗本ではなくてもっと下の御家人《ごけにん》が出てくるからな。旗本が介入してくるからには、何か別の魂胆があるに違いないと当たりをつけてくるだろうが、それが自分たちの敵なのか味方なのかわからなくて戸惑ってるってところだろうな」

「味方という可能性なんてあるんですか」

けいが驚いて言うと、金四郎は首を横に振った。

「あるさ。旗本だって善人ばかりとは限らない。旗本の次男や三男が集まって悪さをするなんてよくあることだ。賭場の用心棒だって旗本くずれも珍しくもない」

だとすると、盗賊はけいたちのことをどう判断したのだろう。

敵か味方か——。

「味方だと思ってくれるなら、相手方に潜《もぐ》り込むこともできますね」

「ああ。それでここはひとつ、天一坊《てんいちぼう》と洒落込《しゃれこ》もうかと思ったのさ」

天一坊というのはその昔、徳川吉宗《とくがわよしむね》の息子を騙《かた》って江戸を騒がせた男だ。自らを将軍の落とし胤《だね》だと触れ回り、色々な人を惑わせた事件らしい。

確かに堀田家に立ち寄った後に遠山家に行ったとなると、金四郎が旗本であることに疑いの余地はない。

ましてやその旗本が天ぷら屋の事件に関わっていたとなれば、よほどの好き者か火盗改めの手先のどちらかだと見なされるのが自然だろう。

ただ、旗本の地位というのは火盗改めの下につくようなものではない。

そこにつけこみ、ひと儲け企んでいる旗本という触れ込みにしてしまった方が、物事が上手く進むような気がする。

「盗賊の仲間になってしまえば、どこが襲われるかわかりますものね」

「じゃあとりあえず、何食わぬ顔をして王子に戻ろうじゃねえか」

といっても、王子まで駕籠と舟で行くのは大変である。かといって歩くのも疲れる距離だ。

「猪牙舟を乗り継いでいこうじゃないか。その方が疲れない」

けいにには全然わからないが、金四郎は上手く舟を乗り継げるようだった。

江戸の端から端だから、なかなか時間がかかる。しばらくすると、金四郎は腹が空《す》いてきたらしい。

「おやじ、何か食い物が欲しい」

金四郎が船頭に声をかける。

「川辺では無理ではないですか」

「そうでもねえさ」

金四郎が言うと、船頭は大きな声を張り上げた。

「腹が減ったー」

船頭が叫ぶや否や、あちこちから猪牙舟が現れる。舟にはさまざまな食べ物が積んであって、船の上で食べられるようになっているようだ。

「これ、いらんかね」

食べ物を積んだ舟の船頭が口々に叫ぶ。

「これは何ですか」

「こいつは上方では、くらわんか舟と言ってな。食べ物を積んで川の上で行商している連中さ。元々は上方にしかいなかったらしいが、最近は江戸にもいるんだ。江戸では、うろうろ舟って言うんだぜ」

よく見ると、握り飯などを積んでいる舟、芋《いも》や瓜《うり》などを積んでいる舟、団子《だんご》を積んでいる舟など様々である。

「どこからやって来るんでしょう」

「千葉からも来るし、川越《かわごえ》なんかからも来るな」

どうやら様々な地域から舟を使って江戸に入ってきているらしい。江戸は水路を使って移動することが多い。途中で食事をしたくなることもあるだろうし、食べ物を積んだ舟はちょうどいい存在と言えた。

「同じものでも、舟によって味が違うのでしょうか」

「そりゃあ、どこから仕入れるかで味も違ってくるだろう」

金四郎は言うなり、団子を積んだ舟を呼び寄せた。

「おう。お前のところの団子は美味いか」

「腹が減ってるなら、うちがいいだろう。うちの団子は醬油《しょうゆ》一筋だからな」

「じゃあ四本くれ」

金四郎はそう言うと、船から団子を四本買った。

「この団子は陸稲《りくとう》の粉で作ってるのさ。沢ばかりで米が穫《と》れない地域でね。陸稲を粉にして団子にして食うのさ」

「川越かい」

「所沢《ところざわ》だね」

船頭はそう言うと去っていった。

「じゃあ食おうぜ」

金四郎から団子を渡されると、けいは口に入れた。まさに米と醬油の味である。素朴だが何とも言えず美味しい。

「なんか沢庵《たくあん》が欲しくなるような味だな」

金四郎はそう言いながら、あっという間に団子を食べてしまった。けいが一本食べ終わらないうちに、すでに二本とも消えている。

「もう一本食べますか」

けいが差し出すと、それもあっという間に食べてしまった。

「金さんは本当によく食べますね」

「なんでだろうな。あまり食わなくても平気なやつもいるが、俺は食わないと体に力が入らなくて全然だめだ」

「わたくしはよく食べる金さんの方が好きです」

「そうか、ありがとうよ」

金四郎が屈託《くったく》なく笑う。こうやって二人で舟に乗っていると、普段より随分と距離が近くなったような気がする。

忍川《しのぶ》を通って下谷広小路《したやひろこうじ》のところで舟から降りた。ここから王子まではそう遠くない。不忍池から程遠くない辺りである。

上野に着くと、よく知っている人の流れが目に入る。武家屋敷で育ったけいだが、最近は、この雑多な町人の流れに馴染んでいた。

「上野あたりに来るとほっとします」

けいが言うと、金四郎が苦笑した。

「武家屋敷の方が馴染んでるだろう？」

「もう浅草の方が馴染んでます」

そうして、少し小声で金四郎に言った。

「金さんに馴染んでいるから」

金四郎が左手を伸ばしてきた。

「こうやって手をつなぐのに俺も馴染んできたよ」

金四郎の手に摑《つか》まると、けいは体をぶつけるようにして歩き出した。

この空気に馴染むのはすごく嬉しいことだった。

「王子に着いたら何か食おうぜ」

「もう食べることを考えているのですか」

けいは思わず笑ってしまった。これから盗賊を相手に一戦交えるというのに、金四郎にはまるで緊張感がない。だが、そこが頼もしいところでもある。

王子まではだいたい一刻（約二時間）かかる。王子に着くと、金四郎はまず火盗改めが使っている水鳥屋に足を運んだ。しれっとした顔で誠二郎がいる。

「なんでお前がここにいるんでぇ」

金四郎が目を剝いた。

「坊ちゃんがここにいるからですよ。お世話しないといけないでしょう」

「いらねえよ」

金四郎が邪慳に言い放つ。

「そうはいきませんよ。坊ちゃんは世間知らずなんですから」

誠二郎がきっぱりと言う。けいからすると金四郎は随分と世慣れているように見えるが、誠二郎からするとまだまだ甘いのかもしれない。

「俺にはやるべきことがあるんだ」

「何をなさるんですか」

「盗賊を捕まえるんだよ。このへんに悪い連中がいるって聞いたからな」

「まさか、正義感ってやつで頑張ろうとしているわけではないですよね」

「いけねえか」

「いけなくはないですが、そんな軽い気持ちで捕まえられるようなら大した盗賊でもないでしょう。なんという盗賊なんですか?」

「血煙ってやつらしいぜ」

血煙と聞いて、誠二郎は腕を組んだ。

「それはなかなか大物ですね」

「知ってるのか」

「噂《うわさ》くらいはね。それにしてもなんでそんなやつを捕まえる気になったんですか？」

「なんでって、罪のない人たちが殺されそうなんだぜ。助けねえってわけにもいかないだろうよ」

金四郎が誠二郎を睨《にら》むように見た。

「まあ、坊ちゃんはそういう人ですよね。でもね、頭っていうのを全然使わないで走り回ったところで、鼠《ねずみ》一匹捕まりませんよ」

誠二郎がぴしゃりと言う。

「む。たしかにそうだな」

金四郎が顔をしかめる。たしかに捕まえると啖呵《たんか》を切ったところで、まだ作戦もなにもない。

「誠二郎はどうすればいいと思う」

「そうですね。まずは酒でも飲んで待つがいいでしょう」

「なにを待つんだ」

「狐ですよ」

誠二郎が言う。

「狐がやってくるのですか」

けいが聞くと、誠二郎が大きく頷いた。

「ええ、間違いなくね」

「なぜだ」

金四郎も聞く。

「あなたが遠山家の息子だからですよ」

誠二郎がにやりと笑った。

「血煙」と聞いただけで、誠二郎は何かピンときたらしい。

「一体どういうことなのか、聞いてもいいか」

金四郎が身を乗り出した。

「例えばここが深川《ふかがわ》なら、血煙を捕まえることはできません。しかしなんといっても王子ですからね。なんとかなるでしょう」

「王子だとなんなんだ」

「王子っていうのは遊びの町なんです。町奉行の支配下にないから遊びも緩い。賭場だって江戸よりもずっと数が多いんですよ」

誠二郎はゆっくりと説明を続けた。

「そんなところにね、凶悪な盗賊の根城があるってなったらどうなりますか」

「怖くて行かねえな」

「でしょう？　つまり王子の連中にとって、血煙は邪魔なんです。でも正面から戦いたくはない。かといって火盗改めにも頼りたくない。となると、どこかから鬼退治を連れてきたい――というところでしょうね」

「つまり、俺に鬼退治をしろってやつがいるのか」

「おそらくはそうなるでしょう。狐の鬼退治というところです」

「なるほどな」

金四郎は腕を組んだ。

「血煙という盗賊がいる、というだけでそんなことまでわかってしまうのですね」

けいは感心してしまった。

「奥様。世の中というのはなんでも決まりがあるんですよ。その決まりをたくさん知っているのが世間を知るということなんです」

「もしそうだとすると、今夜なにかあるかもしれませんね」

けいが言うと、金四郎も頷いた。

「なるほど。わかったぜ、誠二郎。今夜、とにかく料亭に行ってみる。なにか起こるに違いない」

どうやら、金四郎にも思うところがあったらしい。

「では、これで失礼」

誠二郎は満足したのか、さっさと出て行ってしまった。

「やれやれ、まいるぜ」

金四郎がくすりと笑った。

「だが、誠二郎のおかげで考えが整理できた」

「誠二郎さんはできる人なんですね」

「俺のことを子供扱いしなければ、もっといいんだけどな」

そう言った金四郎の顔はまるで子供のような表情だった。

「子供でもいいではないですか」

けいが言うと、金四郎が首を横に振った。

「よせやい。俺は立派な大人なんだぜ」

言ってから、照れたような様子を見せた。

「いまのは子供っぽいかもしれないな」

「誠二郎さんは金さんが好きなんですよ」

「わかってる」

わたしも好きです。とついでに言いかけたが、誠二郎に張り合っているみたいなのでやめる。

「大人でも子供でも、金四郎様は金四郎様です」

けいが言うと、金四郎は大きく頷いた。

「そうだな。俺は俺だ」

それから金四郎はくすりと笑った。

「とりあえず、さっさと事件を解決しようじゃねえか」

その表情はすっかり大人に戻っていたのであった。

第四章

夕刻になった。昼は滝を浴びたくなるほど暑いが、夜になると寒い。だから着物も袷《あわせ》に着替えて出かけることにする。

王子は江戸に比べると人が少ないせいか、夜も江戸より冷える。金四郎もやや厚手の着物にしっかりした羽織になっていた。

しかし、日は暮れてきているのに滝の周りはまだ賑《にぎ》わっている。酒を飲んでいるからか寒さを感じないらしい。

焚火《たきび》に当たりながら飲んでいる連中もいる。江戸では厳しく取り締まられる焚火も、この界隈《かいわい》では寛容なようだ。

「少し寒いですね」

けいが言うと、金四郎が羽織を脱いで肩にかけてくれた。

金四郎の体温をほんのり感じる。歩きながら体を寄せた。金四郎が避《よ》けもせずに左手で肩を抱いてくれる。

これはものすごい進展だ、とけいは嬉《うれ》しくなった。

王子の雰囲気のなせる業《わざ》だろうか。

ぐいっと体を押しつける。金四郎が静かな声で言った。

「誰かに見られている」

どうやら仲睦《なかむつ》まじい夫婦《めおと》を演出しようと思っただけらしい。

演技か。

進展ではなく演技。

進展だと思った自分を蹴《け》りとばしたい。といっても、いまはそういうときではない。気を取り直すことにした。

「なんだか男女二人で歩いているひとが多いですね」

「王子だからな」

「王子は男女二人が多いんですか？」

「江戸よりも緩いからな。出会い茶屋も多い。王子は恋人の町と言ってもいい」

王子が恋人の町であっても、金四郎とけいが恋人同士でなければ、それはただの町でしかない。味気ないこと、この上ないではないか。

演技でいいから、このまま恋人としてつっ走って欲しい。

「出会い茶屋にでも行く連中だ。どこでも恋はするってことだ」

「わたくしたちもぜひ」

けいが言うと、金四郎が笑顔を見せた。

「とりあえず食事をするのだろう？」

ではそのあとに、と言おうとして、けいはひとりの男に気が付いた。どうやらけいたちを迎えに来たらしい。

「遠山様ですね」

物腰の柔らかい男が金四郎に声をかけてきた。

「確かにそうだが、名乗ったことはないはずだが」

金四郎が言うと、男はにやりと笑った。

「そこはご勘弁ください」

「わかった。知られているのに隠しても仕方がないな。ところで伝七はどうした？」

「今日の席にはふさわしくありません」

「そうか」

金四郎があっさりと言うと、男は先に立って歩き始めた。天一坊作戦が奏功しているようだ。けいと金四郎も黙って後をついていく。しばらく歩くと、男は一軒の屋敷の中に入って行った。

武家屋敷という構えではない。かといって料理屋という雰囲気でもない。元は庄屋か何かの屋敷だったのではないだろうか。

立派な門構えの屋敷の中に入ると、中からいい匂いが漂ってくる。料理屋であることは間違いなさそうだった。

「ほう。匂いだけでもいい店だと期待できるな」

「ありがとうございます」

広い土間に入ると足湯が準備してあった。きちんと足を洗って中に入る。広間に通されると、客はけいと金四郎だけのようであった。

「この店は一日一組しか客を取らないんです」

「いい心がけだ」

金四郎が頷《うなず》く。一度に多くの客をもてなすのは限界がある。高い金を払える客を相手に、一日一組だけじっくりもてなす方が理想的と言えば理想的だ。

「では、準備をさせていただきます。その前に包丁人を紹介させていただきます」

男が奥にひっこむと、すぐに一人の男を連れてきた。

「今日の包丁人。佐村六平《さむらろくへい》にございます」

「佐村でございます」

「今日の料理を楽しみにしています」

けいが挨拶《あいさつ》した。

六平は、けいと金四郎を代わる代わる見ると、あらためて頭を下げた。

「お二人にふさわしい料理を用意させていただきます」

「ふさわしい、とはどういう意味だ」

金四郎が尋ねた。

「言葉の通りでございます。手前、料理人と違って包丁人でございますれば、客の顔を見て、出す料理を決めさせていただきます」

「料理人と包丁人は違うのですか」

けいが思わず聞いた。その二つに違いがあるようには思えない。

「嘆《なげ》かわしいことに最近ではすっかり同じように言われていますが、まるで違います。包丁人は包丁刀《ほうちょうがたな》を使って料理をする人間、料理人は飯を作る人間です」

説明されてもどこがどう違うのか、けいにはまるでわからない。

「包丁式を執《と》り行うのは、包丁人ということでよろしかったかな」

金四郎が言うと、六平は大きく頷いた。

「さすが長崎奉行を勤められた遠山様のご子息ですな。広く見識がおありのようだ」

「このようなところに包丁人がいるとは思いもしなかった」

「遠山様が客ということで特別に呼ばれたのです。拙者、修業のために渡り包丁をしている身ゆえ、このような場に立ち会うこともございます」

男はそう言うと、奥に引っ込んでいった。後にはけいと金四郎だけが残された。

「こいつはなかなか驚きの料理が出てくるんじゃねえかな」

金四郎が楽しそうな声を出した。

「どのような料理なのでしょう」

「俺の見るところじゃ長崎流だな。わざわざ長崎奉行の血筋だって断ってきたんだから長崎流が来るだろう。ただし、卓袱《しっぽく》料理なんかじゃなく、正統派の武家料理を長崎風にしたもんだろうよ」

しばらくして、料理が運ばれてくる。

クラゲともずくをわさびで和《あ》えたものである。クラゲはさくさく、こりこりとしていて、歯ごたえが心地よい。

クラゲともずくは酢に浸《つ》かっていて、もずくの独特の食感が、クラゲの歯ごたえと相まって、なんともいえない味わいを与えていた。

わさびはすりおろしたものではなく、包丁で細かく叩《たた》いてある。すりおろしたものほど辛みが強くなくて、むしろ甘みが感じられる。

「なるほど、包丁刀とはよく言ったもんだ」

金四郎が感心したような声を上げた。

「それは普通の包丁とは違うのですか」

「包丁刀っていうのは料理をする刀でな。魚には魚用、肉には肉用って決まってるんだ。普通の包丁より切れ味もいい。だが、包丁人が使わないときは包丁刀とは呼ばないんだとよ。それだけに切り口がまるで違うね」

それから金四郎は入り口の方に目をやった。

「ん？　客は一組じゃなかったのかい」

一人の男が部屋の中に入ってきた。中肉中背で、これといった特徴はないが、目つきが鋭い。何と言うか、どことなく怖い感じのする男である。

「俺に用事があるみたいだな」

金四郎が言うと、男は頷いた。

「すみませんね。でもまさか、遠山様のご子息だとは思いもよりませんでした」

男が頭を下げる。

「それにしても、わざわざそちらから出向くんだな」

「こちらからの頼み事ですから。手前、王子で狐《きつね》の元締めをやっております。惣《そう》五郎《ごろう》と申します」

「そうかい。俺をつけていたのはあんたたちの仲間かい」

金四郎が鷹揚《おうよう》に頷いた。

「はい。申し訳ありません」

惣五郎が頭を下げる。

「それで、用件は？」

「鬼退治を」

誠二郎の読み通り、どうやら王子の人々は、盗賊に力を貸すのは嫌らしい。だからこの料理屋で金四郎に頼みたいのだろう。

「なんで俺なんだ？　理由はあるのか」

「以前、ここで活躍されたことがあるでしょう」

惣五郎が言う。

「ああ、天ぷらの」

以前、金四郎は王子で「天ぷら勝負」をしたことがある。どうやらそのときのことを憶えていたらしい。

「はい。あのときから素晴らしい方だと思っておりました」

「そうかい。それでどうして欲しいんだ」

「いま、われわれは盗賊に脅されて悪事に協力しています。なんとか相手を退治してほしいのです」

「どうやって？」

「盗賊の仲間になって、中から崩してほしいのです」

惣五郎はごく真面目な表情で言う。

「そうかい」

金四郎は表情には出さないが、何か考えているようだった。

それはそうだろう。そもそも惣五郎が信用できるかどうかという問題もある。仲間に引き込んだふりをして、金四郎を殺そうとしている可能性だってないとは言い切れないだろう。

「そちらを信じていいという根拠は？」

「ありませんよ」

惣五郎が平然と言う。

「そうか、わかった。やろう」

金四郎があっさりと答えた。

「そんなに簡単でいいのですか？」

けいは思わず嘴《くちばし》をはさんだ。金四郎の判断に反対する気はないが、いくらなんでももう少し話し合ってもいいだろう。

「こういうのは簡単な方がいい。言葉を重ねるほど、相手を信じられなくなるからな。おけいだって、俺が浮気したとして、言い訳を重ねられたらかえって疑うだろ？『やってない』の一言の方が信用できるだろう」

確かにそれはそうかもしれない。いまの場合も、要するに信じるかどうかだ。理屈などというのは後付けにすぎない。

「ところでよ。なんで俺なんだい。ろくに知らねえだろう、俺のこと」

「気風《きっぷ》ですよ」

惣五郎がにやりと笑った。

「あの天ぷら勝負のときのお二人の姿に惚《ほ》れ惚《ぼ》れしました。もちろん、金四郎さんへの頼み事でもあるんですが、おけいさんも協力してくれると踏んでのことです」

それから、惣五郎はけいの方に体を向けた。

「まったく見事な夫婦っぷりで恐れ入りました」

「おまかせください」

けいは胸を張った。夫婦と言われたからには、やらないわけにはいかない。

「ちょっと態度を変えすぎじゃないか」

金四郎が呆《あき》れたように言う。

「妻として、協力させていただきます」

「よろしくお願いします」

惣五郎があらためて頭を下げた。

「それにしても、どうやって血煙の仲間になるんだ？　仲間にしてください、はいそうですか、ってわけにもいかねえだろう」

　確かにそうだ。いきなり訪ねて行って、こんにちはというわけにはいかない。

「今日、血煙を連れてきてありますから。顔合わせをしていただきたい」

「なんだって？」

　金四郎が声を上げる。惣五郎がくすりと笑った。

「きちんとした紹介がなければ会いもしませんよ。盗賊は用心深いですからね」

「そのわりには俺といやにあっさり会うじゃねえか。俺のこと調べてたなら、俺が使ってる茶屋が火盗改《かとうあらた》めの根城《ねじろ》だってこともわかってるんだろ？」

「もちろんですよ」

　惣五郎は大きく頷いた。

「そこも都合がいいからです」

「なんでえ、それは」

「火盗改めとつながっている人間を仲間にすれば情報が入りやすいということですか？　でも、逆に自分たちが火盗改めに売られるということだってあるでしょう？」

けいが言うと、惣五郎はけいの言葉にも頷いた。

「ええ。だからこそ、お人柄が大事なのです」

「火盗改めを裏切るようなお人柄を信用できるのですか？」

けいが問うと、惣五郎は声を上げて笑った。

「これは一本とられましたね」

それから真面目な顔になる。

「もちろんそれだけの見返りは用意しますよ」

「でもよ。血煙はそんなに簡単に罠《わな》にかかるような男なのかい？　だとしたら、いままで捕まっていないのが不思議だがな」

「いままで捕まっていないから罠にかかるんですよ」

惣五郎が言う。

それは心の中に驕《おご》りがあるということだろうか。

「まあいいや。会ってみないとわからないだろう」

金四郎が答えた。

「ではこのままお待ちください」

しばらくして、別の男が部屋の中に入ってきた。今度の男も中肉中背で、これといった特徴はないが、目がギラギラとしている。

しかし不思議と怖い感じはしない。やんちゃな子供というような印象である。

「あんたが血煙かい？」

金四郎が言うと、男は頷いた。

「いきなり顔を晒《さら》すとはいい度胸じゃねえか」

「あんたがどんなやつか、自分の目で確かめてみようと思ってな。敵になりそうなら、今日この場でバッサリやってしまえばいいだけさ」

凄《すご》んでいる、というよりは平常の態度だろう。

どうやら怖いものなど何もないらしい。それにしても、少々寂しい顔をしている。なんとなく満たされないものを抱えているような気がした。

「そいつはお互い様だな。俺の方も似たようなことを思っていたさ」

「どういうことだ？」

「あんたが気に入らなければ引っくくって火盗改めに売るまでさ。儲《もう》かる方がいいからな」

金四郎がにやりと笑った。

「そんなこと、できると思ってるのかい？」

「おいおい、俺は武士だぜ。子供の頃から人を斬《き》る修練を積んでいるんだ。お前たち町人が、少々場数を踏んだところで追いつかねえよ」

金四郎がきっぱりと言う。それは確かにそうだ。旗本ともなると、弱いわけにはいかない。剣術はきちんと習得するのが習いである。

血煙は、興味深そうな顔で金四郎を見た。

「そんなご大層な人が、どうして盗賊と手を組む気になったんだ?」

「金が欲しいんだよ。決まってるだろう」

「だが、あんた、遠山家の子なんだろう?」

「うちはちょっと複雑でな、家の金は俺の自由にならねえ。だから家を飛び出して船宿で暮らしているってわけなのさ」

「なるほど。だがそっちの女はどうなんだ。随分いいところのお嬢様じゃねえか」

「こいつは俺にぞっこんだから付き合ってる。俺が行くって言えば、三途《さんず》の川だって喜んで渡るような女だよ」

それから金四郎は着物をぱっと脱いで片肌を見せた。髑髏《どくろ》の周りを囲んだ桜《さくら》吹雪《ふぶき》が男の目前に晒け出される。

「あんたの知ってる旗本は体にこんなものを入れるかい？　こいつはすぐ消える落書きじゃねえぜ。しっかり確かめてみるといいや」

血煙は、金四郎のそばに寄って刺青《いれずみ》をしっかりと確認した。

「こいつは本物だな。なるほどこんなものが入ってちゃ、もう旗本に戻るのは無理そうだな。じゃあ、なんで昨日家に戻ったんだ」

「ここに来るための金をせびりに行ったんだよ」

「なるほど。辻褄《つじつま》は合うな。しかし、あんたが火盗改めと組んで俺たちを騙《だま》そうとしてるってことも考えられるな」

「もちろんさ。そこはあんたが俺にいくら積むかじゃねえか。この俺に仕事をさせておいて五両十両なんてはした金を渡してきたら、もちろん俺は火盗改めと手を組むぜ」

「いくら積めっていうんだよ」

「二百両」

金四郎が言う。

血煙は鼻で笑った。

「なに馬鹿なこと言ってるんだ。どんな大きな仕事だって新入りに渡せるのはせいぜい二十両。二百両なんておかしなことを言うんじゃねえ」

「どこがおかしいのかこっちが聞きたいね。お前が目をつけてるのは日本橋の薬《やく》種問屋《しゅどんや》の富屋だろう。あそこがいくら貯め込んでるのか、知らねえとは言わせねえぜ」

金四郎に言われて、今度は血煙が黙った。

なるほど、とけいは思う。あの賭場《とば》で獲物を探していると金四郎は感じて、鎌をかけているに違いない。一歩間違えれば見当はずれのことを言うことになるから、かなり危険な賭《か》けである。

しかし、金四郎は賭けに勝ったようだ。

血煙は感心したような声を上げた。

「なんで俺たちが富屋を襲うなんて思ってるんだ」

「そこを突っ込むのは許してくれよ。で、あそこがいくら貯めてるのか知ってんのか」

「金を持ってるのは知ってるが、細かい額までは知らねえ」

「これだから物の価値を知らねえやつはしょうがねえな。あの富屋っていうのはな、牛黄《ごおう》っていう漢方薬の素《もと》を溜め込んでやがるのさ」

「聞いたことはあるな」

「親指の先ほどで五両はする。そいつを千も溜め込んでるって話だぜ。牛黄は軽いからな。小判と違って運ぶのが楽なんだ」

「五千両か」

血煙の目の色が変わった。

「どれが高価な漢方薬で、どれがただの風邪薬《かぜぐすり》か、お前らの中にわかるやつがいるのかよ」

「いねえな」

「本当は千両って言ったっていいんだけどよ。とりあえず二百両でまけてやる。あとは実際にお宝が手に入ってから、俺の仕事分を請求するぜ」

血煙は金四郎の言葉を吟味《ぎんみ》しているようだった。

「確かにあんたの言うことが本当なら、二百両だって安い買い物だ。しかしそっちの女はどうなんだ。そいつが裏切らないって保証はあるのか」

そのとき、けいにある考えがひらめいた。

「わたくしは裏切ります。それが一番いい方法ですから」

「どういうことだ」

「わたくしは百人組組頭《ひゃくにんぐみくみがしら》堀田一知の妹です。言ってしまえば、火盗改めはわたくしの手下《てか》のようなもの。だから、わたくしから出た情報なら火盗改めは信じます」

けいは血煙の目を真《ま》っ直《す》ぐに見た。

「火盗改めに捕まえさせるための連中を選んで、適当な呉服屋を襲わせればいいでしょう。その者たちが火盗改めに捕まっている隙《すき》に、江戸から逃げれば良いのではないですか」

「仲間を裏切れっていうのか」

「あなたの仲間はお金でしょう？　人数が少なくなれば分け前も増えるじゃないですか」

「捕まった連中が俺たちを売るかもしれねえじゃねえか」

「その場で火盗改めに斬らせてしまいますよ。死人に口なしです。それとも全員とお仲間ごっこをするおつもりですか」

「本気で言ってるんだったら、あんた相当に悪いやつだな」

血煙が苦笑した。

「もちろん金額次第では、捕まるのはあなたの方です」

「いくらだ」

「三百両」

血煙は笑いもせずにけいの方を見た。

「なんでこいつよりあんたの方が高いんだ」

「簡単です。金さんのは儲《もう》けの一部でしょう？　わたくしの場合は、あなた方の命の値段ですよ。命に三百両払えないなら、勝手に死んだらどうですか」

けいに言われて、血煙は唸《うな》った。

「しかし、囮《おとり》か……」

「長年一緒にやってきた人はいないんですか？」

「それはいるけどよ」

「その人にしましょう」

「なんでだ？」

「だって。まさか囮にされるとは疑わないでしょう」

「あんた、本当に酷《ひど》い女だな」

血煙はそう言ったが、どこか感心しているようでもあった。

「しかし、三百両も何に使うんだ」

「身だしなみですよ。金さんがわたくしに飽きないように、着物を仕立てたり、簪《かんざし》を買ったりしたら、いくらあっても足りません。おまけに金さんは博打《ばくち》に弱くて、負けてはわたくしからお金をむしり取っていくのです」

血煙が金四郎の方を見る。

「そこまでは負けてねえよ」

「最近だけでも十八両分の証文《しょうもん》がありますよ。血煙さんから二百両もらったら、ちゃんと返してくださいね」

「倍にして返すよ」

金四郎の言葉を聞いて、血煙が笑いだした。

「わかったわかった。なんだか信用できそうだ。金にはっきりしてるやつは嫌いじゃねえ」

血煙は、それなりにけいたちのことを気に入ったらしい。

問題があるとすれば、血煙がけいたちを信用しているように見せかけて、まだ疑っているであろうことだ。信用させるために何かをしてみせなければいけない事態も出てくるだろう。

最悪なのは誰かを殺してみせろと言われることだ。他のことと違って、殺しは取り返しがつかない。

「まあ、とりあえずはいいけどよ。お互いまだ信用はできねえだろう。あんたは俺たちに金を持ち逃げされるかもしれない。俺たちは仕事が終わったら、あんたに消されるかもしれない。ここはなかなか取り除けない溝《みぞ》だと思うぜ」

「まったくだな。言いにくいことをはっきり言うじゃねえか」

「最初に言っておかないと、後で揉《も》めるからな」

「しかし、信用ってのは時間がかかるからな。簡単に溝が埋まるなら、誰も苦労なんてしねえ」

血煙が実感を込めて言った。盗賊の世界にいるだけに、裏切りは身近なのだろう。

「まあ、今日すべてを決めることはないだろう。とりあえず俺たちの泊まってる茶屋を教えておくぜ。王子の水鳥屋っていうんだ。火盗改めが宿に使ってるところさ」

「火盗改め？　やっぱりお前、つるんでんのか」

「もちろんさ。だからあんたの力になれるんじゃないか」

金四郎の言葉に血煙は唸った。

「そいつは確かにそうだが、火盗改めと明らかにつながってる連中を信用しろっていうのはなかなか難しいな」

「そいつが博打なところだな。あんたは自分が博打に負ける人間だと思うかい？」

「ふむ」

血煙が考え込む。考えたということは金四郎の勝ちである。金四郎の言葉に興味がなければ、そもそも考えることすらしない。

気持ちとしては金四郎の言葉に乗りたいのだろう。後は多少こじつけでも、金四郎のことを信じられる大義名分《たいぎめいぶん》があればそれでいいというところだろうか。

「もうひとつ聞きたいことがある」

「なんでえ」

「そこの女は、本当にあんたにぞっこんなのか？」

「なんでだ？」

「火盗改めの手先になってるんじゃねえかってことだよ。ぞっこんだっていう芝居をしてるのかもしれねえじゃねえか」

「どうすれば信じられるんだ？」

「目の前で熱いところを見せてくれ。おっと、言葉だけじゃだめだぜ」

血煙が当然のように言う。

きた。けいは身構えた。信用させるために何かをしてみせる事態になるだろうとは思っていたが、まさか熱いところとは——。

「どうしたい。顔が青いぜ」

血煙がからかうように言う。

「当たり前です」

けいは少々腹が立った。いくらなんでも無神経である。

「他人の目の前でそのようなこと、できるはずないでしょう」

けいが言うと、血煙は驚いたような顔になった。

「それってそんなに大事《おおごと》なのかい」

「もちろんですよ。人前で簡単にできるようなことではありません」

「へえ」

血煙は困ったような顔をしている。

「そいつは悪かったな。俺は育ちが悪いからさ。恥じらいとかっていうものがわからねえんだ。あんたらはいいなあ、育ちがよくて」

嫌味ではなくて、憧《あこが》れというような雰囲気の口調である。

「育ちは金にならないけどな」

金四郎が言うと、血煙は声を上げて笑った。

「違いない。まあいいや。今日のところは信じる。でもさ、いつかは俺の前で熱いところを見せてくれよ。なんというか、見るだけで幸せになれる気がする」

「わかりました。そのうち」

けいは答えた。

近いうちに見せるために、何か「熱いところ」なるものの練習をしないといけない。

とはいえ、そもそもそれが恥ずかしいのだから、血煙に見せるのは来世になるかもしれないが。

「また会うときまでに考えましょう」

それからけいは思い出したように言った。

「今日は食事を楽しみに来たのですよ」

第五章

店から出ると、店の前に伝七が立っていた。

「お楽しみでしたか」

「お前も来ればよかったのに」

金四郎が鷹揚《おうよう》な様子で言った。

「なかなか敷居の高い店ですからね」

「そうか。ところで伝七よ。お前、謀《はか》ったろう」

金四郎が鋭い口調で言った。

「なんのことでしょう」

伝七はとぼけようとした。

「俺たちと会うのが初めてなら、王子のことは隅《すみ》から隅まで知っているというお前の触れ込みが嘘《うそ》ってことだ。そうじゃないなら、俺たちと会うのは初めてだっていうのが嘘だ。お前はどっちの嘘をついている」

金四郎に問い詰められて、伝七は困った様子を見せた。といっても、惣五郎を手配したのは明らかに伝七だ。この期《ご》に及んで言い訳する気もないだろう。

「どっちの嘘の方がましですかね？」

「それを俺に聞くのかよ」

金四郎は苦笑した。たしかに金四郎に聞くのはおかしな話だ。だが、伝七は金四郎に親しみを持っているのだろう。

会ってからの時間と親しみは別のものだ。初対面でも親しみを持つことは往々にしてある。恋に落ちるのに似ている。

金四郎の魅力のなせる業《わざ》と言えるだろう。

「すいません」

伝七が頭を下げる。

金四郎は右手を自分の顎《あご》にあてた。

「まあ、俺なら王子に詳しい方を取るな」

「ですよね」

伝七は笑顔になると、ぽん、と手を叩《たた》いた。

「あの天ぷら勝負のときの金さんはかっこよかったですぜ」

「とぼけた野郎だ」

金四郎が肩をすくめる。やはり伝七は金四郎を知っていたようだ。

「ところで。滝浴《たきあ》みで俺の金をとったのはお前だな」

金四郎が言うと、伝七はにやりと笑った。

「それはご愛嬌《あいきよう》で。でもすぐに捕まりましたよ。あいつはなんなんですかね。変わった男です。いずれにしても返したんだからいいでしょう？」

伝七は悪びれない。金四郎も、そこはなにも言う気はないようだった。

「知ってる気配くらいは見せてもいいだろう」

「知っていてもしゃべらないのが大切なんで。何でもぺらぺら話すおしゃべり野郎は信用されないですからね」

確かにそうだ。何でも知っていて、それでいて必要なときしか語らない人間が一番信用される。だからこそ伝七は素知らぬ顔をしていたに違いない。

「俺たちのことを血煙には話したのか」

「聞かれてないから話してないですよ。わざわざ余計な噂《うわさ》を耳に入れるほど暇じゃありませんよ」

　伝七がにやりとする。

「惣五郎というのはお前の親分か？」

「さようです」

「しかし、なんだって人殺しとつるんでるんだ？　お前もいっぱしの男なら、あいつがやばいやつだってことぐらいわかるだろう」

「やばいやつだから、つるんでるんですよ。嫌だって言ったら、何をされるかわからない。それにあっちは人数が多いんですよ。手下をざっと数えても三十人は下らない」

「そんなことまでわかるのか」

「そりゃそうですよ。人間が集まれば、酒も飲むし、喧嘩《けんか》もする。血煙が誰と仲がいいかなんて、見てればわかります」

　王子を隅々《すみずみ》まで観察しているというだけあって、人を見る目はしっかりしているようだった。

「火盗改めには相談しないのか」

「王子のことを火盗改めなんかに相談したくはないんですよ。できれば俺たちでカタをつけたいんだ」

伝七が悔《くや》しそうに言った。

確かに王子は火盗改めの支配下にも町奉行の支配下にもない。江戸に助けを求めるのに抵抗を覚えるのかもしれなかった。

気持ちはわからなくもないが、そうはいっても血煙に命じられるまま何十人も殺《あや》めているのなら、簡単に伝七を信じるのは難しい。

「いままでに、血煙と力を合わせて何件ぐらい盗みに入ったのですか？」

けいが尋ねる。

「まだないです。今度が初めてです」

「では、皆さんは人殺しに加担していないのですね？」

「そうですよ。だからなんとかしたいんです」

伝七の言葉は本当だろう。

王子の人間の安全を守りつつ、血煙をなんとかする。なかなか難しいことだけに金四郎に白羽の矢が立ったのであろう。

見る目がある、とけいは思った。

「そうか。まあ、気持ちはわかるな」

金四郎は頷《うなず》いた。

「俺は当分、血煙とつるんだふりをする。本当に相手を刺すには、相手の信頼を得ないといけないからな」

金四郎が言うと、伝七が驚いた表情になった。

「どうやるんですか？　血煙はそんなに簡単にひとを信用するような人間ではないですよ。俺たちととつるんでたって、信用なんてものは得られないです」

「ではお前に聞くけどよ。信用ってなんだ」

「……信用、ですか？」

伝七は首をかしげた。

金四郎は懐《ふところ》から四文銭《しもんせん》を一枚、取り出した。

「おめえ、これが何に見える」

「四文銭です」

「そうだ。そもそも金の価値というものは幕府が決めたものだ。しかしこいつを使うときに、俺は幕府を信用しているから四文として使う、なんていちいち思うやつはいないだろう。信用というのはある種の思い込み。自分の中で作っている常識のようなものだ。だから自分さえ納得すれば、どのような非常識でも信用できるのさ」

「それはわかりましたが、血煙が旦那を信用するんですか」

「根拠はないが、そんな気がするよ」

「なぜですか」

伝七に問われ、金四郎はにっこりと笑った。

「俺がなんとなくあいつを気に入ったからさ」

「よくわかりませんが、なんとなくわかるような気もします。旦那は不思議と人を惹きつける何かがある。俺もね、普段は江戸の旗本なんて絶対信じないと思ってるんです。なのに、旦那には余計なことまでしゃべっちまいそうだ」

それはまさに金四郎の人柄というものだろう。けいも深く頷いた。

立っているだけで人を惹きつける力があるから、父もけいに金四郎に嫁《とつ》げと言ったわけだ。

「いいでしょう。今日のところは帰ります。また」

そう言うと、伝七はさっさと帰っていった。

「なんだか変なやつだな」

後ろ姿を見ながら金四郎が言う。

「でも、打ち解けてくれたみたいです」

「そうだな。それはよかった」

金四郎も頷く。

「血煙のほうも打ち解けてくれるといいのですけれど」

けいはそこが心配だ。金四郎の魅力を疑っているわけではないが、血煙は伝七ほど簡単に他人を信用しないだろう。

「うん。そこは少し考えがある」

「なんでしょう」

「俺たちで、理想の夫婦《めおと》を演じてみたい」

「どういうことですか？」

もちろん、夫婦と言われると嬉《うれ》しい。だが、理想の夫婦を演じることと、血煙の信頼を得ることとの間には関係がないような気もする。

「俺は無頼《ぶらい》の連中とずいぶん接してるんだけどな。ぐれてしまう連中の中には、両親が不仲なやつが相当多いんだ。血煙も、両親の仲が悪かったか、下手《へた》したら両親そのものがいないこともある」

金四郎の言葉を聞いて、けいも納得するものがある。

「だからさ。あいつが憧《あこが》れるような、こんな両親が欲しかったとか、こんな嫁が欲しかったとか、そういうことを思わせたいんだ」

金四郎はそう言うと、改めてけいを見た。

「血煙の前でひとつ芝居を打ってほしいんだ」

「どのような芝居ですか」

「その──」

金四郎が照れたような顔になった。

「俺と唇を合わせてほしい」

頭の中がぐるぐるする。

「唇とおっしゃいましたか？」

「言ったよ」

どうしよう。けいは激しく動揺する。金四郎と唇を合わせるのはもちろん嫌ではない。しかし、血煙の前となれば話は別だ。

それはまるで市中引き回しのうえ、磔《はりつけ》というような恥ずかしさである。

「それは無理です。恥ずかしすぎます」

「そうか、そうだろうな。妙なことを言った。すまねえ、他のやり方を探す」

金四郎が頭を下げた。

そう言われてしまうと、それはそれで困る。まるでけいのわがままのために、計画がだめになってしまうような気さえする。

とはいえ、人前というのは無茶が過ぎるだろう。

少し考えて、けいは肚《はら》を決めることにした。

けいが断ったために、人が死んだのでは悔《く》やんでも悔やみきれないことになる。

「わかりました。でも、ひとつ約束してください」

「なんだ?」

「責任、とってくださいね」

けいに言われて、金四郎は一瞬黙った。それからゆっくりと言う。

「もてあそんだりはしねえよ」

それを聞いてほっとする。

両親に挨拶《あいさつ》したのも、かなり効いたのだろう。

血煙の前で唇を合わせることにどのような効果があるのかわからないが、みんなのためであるなら仕方がない気がした。

「あ、でも。そうなると血煙さんがわたくしたちの仲人《なこうど》のようなものになるのでしょうか」

「なんでえ。それは」

「だって血煙さんの前で夫婦として口吸いをするのでしょう？　仲人のようなものではないですか」

けいに言われて、金四郎は口吸いの意味するところに思い当たったようだ。少し顔が赤くなる。

「結婚と口吸いは関係ねえよ。熱いところを見せてやるっていうだけだろう」

確かに。一番手っ取り早い「熱いところ」はそうである。父上との勝負の期限に焦るあまり、飛躍しすぎたと反省する。

「これはまずいかな」

「でも一番良い方法なのでしょう？」

「たぶん」

「なら仕方がないですね」

けいが金四郎にぶつかるくらい近づいた。

けいに言われて、金四郎が困った顔になる。

「まあ、そうなんだけどよ」

言いながら、金四郎が顔を寄せてきた。

「待ってください」

「なんだ」

「どうしていまなんですか？　ここは往来ですよ」

「む。すまない。慣れておかないとよ。血煙の前で初めてってわけにもいかねえだろう」

「それでも突然すぎます」

胸がどきどきする。

それにしても唐突だ。普段なら気が回らない金四郎ではない。考えることが多すぎて、今はそれどころではないのだろう。

素早くまわりを見回して誰もいないのを確認すると、けいは肚を決めた。

「ではどうぞ」

勇気をふりしぼって、けいは目をつぶった。

「いや、いまはいい。悪かった」

金四郎はそう言いつつも、かすかに唇を当ててきた。「する」というよりも「当てる」という方がぴったりなくらい、ささやかな感触だったが、けいには十分すぎるほどだった。

「手付けみたいなもんだけどな」

全身の血が頭に集まりすぎて足がふらつく。

「どうしたんだ、おけい」

金四郎が心配そうに声をかけてきた。

「なんでもありません。足元の血まで頭に集まってしまったのです」

「平気なのか」

「がんばります」

そう言うと、けいは金四郎の袖《そで》をしっかりと握りしめたのだった。


それから二人で水鳥屋に向かう。

部屋に戻ると、誠二郎がひとりで酒を飲んでいた。

「おいおい。またお前か。奥山さんは？」

「出かけていきましたよ」

「どうして誠二郎さんがいるんですか」

けいも尋ねる。

「そりゃあ、坊ちゃんがいますからね」

金四郎の方を見ると、渋い顔で腕組みをしている。

「つまりあれだな、誠二郎。なにがなんでも手出しするんだな」

「はい。なにがなんでも」

「わかった。じゃあ仕方ねえ。頼む」

「おまかせください」

二人の間にあるつながりは、なかなか強いようだった。

襖《ふすま》があいて、松が酒を持って入ってきた。

「俺は血煙って盗賊と手を組むことにしたよ」

金四郎が軽い調子で言った。

「あら。よかったですね」

松が表情も変えず言う。

「驚かないのか?」

「血煙だか閻魔《えんま》だか知りませんけど、なにか理由があってのことでしょう？火盗改めの宿に泊まって盗賊を働くとも思いませんから。わたしは気にしません」

松はまるで意に介さないようだ。

「気に入ったんですね」

金四郎に笑顔を向ける。

「気に入ったたってなんでえ」

「うまが合ったんでしょう」

どうなのだろう、とけいは思う。確かに血煙からはそんなに嫌な印象は受けなかった。しかしそれは気の迷いで、残酷な盗賊であることに変わりはないのだ。

「凶悪な盗賊なのに、すごく嫌な感じではありませんでした」

けいが言うと、松が大きく頷いた。

「親分になるような人間はね、魅力があるんだよ。人を殺すって言うけどね、戦《いくさ》だらけだった頃なんかだと、人をたくさん殺した方が偉いだろ？　人を殺しちゃいけないなんていうのは誰かが決めた決まり事でしかないんだよ。人間的な魅力っていうのは、人を殺してることと何の関係もないってことさ」

松が言う。

確かに人をまとめるからには、ついてくる人間が必要だ。その人に魅力がなければ親分にはなれないのだろう。でも——。

「だからうまが合ってもおかしくはないですよ」

そう言うと、松は笑った。

「そのうまが合ったやつを死罪に追い込むんだけどな」

金四郎が薄く笑った。

「上手《うま》く殺せるといいですね」

松の笑顔にはなんの屈託《くったく》もなく、ごく普通のことを話すように言う。

盗賊の世界では命というのはどうなっているのだろうと、けいは思ったのだった。

「今日のところは寝る。誠二郎も寝ろよ」

「そうですね」

誠二郎はあっさりと部屋から出た。

「ごゆっくり」

松も挨拶して部屋から出る。

「じゃあ寝よう」

「幾久《いくひさ》しくお受けいたします」

けいが答えた。

「違うって」

金四郎が弱々しく否定する。

金四郎と同じ部屋に入る。金四郎は着替えて布団《ふとん》に潜《もぐ》り込むと、ごく当たり前のようにけいの居場所を開けた。

「どうせ一緒に寝るんだろう？」

「もちろんです」

言いながら、けいは布団を見つめた。

さきほどの金四郎とのことを意識しすぎて布団に入れない。かといって離れて眠るのもどうかと、しばし思い悩む。

「どうした」

「なんでもありません」

けいはおずおずと金四郎の布団に入った。金四郎の体温が妙に強く感じられる。このくらいは慣れているはずだと自分に言い聞かせた。

目の前に金四郎の顔がある。金四郎は気持ちよく眠っていたが、けいが真正面から見つめているとすぐに目を覚ました。

「すぐ目が覚めるんですね」

「見られてる気配がした」

金四郎がごく当たり前のことのように言う。けいだったら、見つめられても気づかずに眠っているかもしれない。

「もしかして金さん、わたくしの寝顔を眺めていたりしますか」

「そりゃ見るさ。目の前で寝てるんだからな」

「見ないでください」

「無茶言うなよ」

金四郎が苦笑した。

これは大きな問題だ、とけいは唇を噛《か》んだ。自分ばかりが見つめていると思ったが、金四郎からも見つめられているとは思わなかった。

自分が見ている側だと思うと、見られているという意識がないようだ。

「恥ずかしいからいやです」

言いながら、金四郎の胸に顔を埋《うず》めた。

「恥ずかしいなら、離れるもんじゃねえのか」

「こうやっていれば顔を見られません」

「なんだろうな、その理屈は」

　金四郎は笑ったが、けいを離そうはしなかった。

　恥ずかしいと思いつつ、けいはすぐに眠りに落ちたのだった。


　目が覚めたときには隣に金四郎はいなかった。

　体を起こして辺りを見回しても気配もない。なにか用事を済ませているのかもしれない。

　起き上がって部屋を出ると、松がやってきた。

「おはようございます」

　松が頭を下げてくる。

「おはようございます」

　けいも頭を下げた。

「金四郎様はすぐにご出立《しゅったつ》ということで、準備をされていますから。お出かけの前に、お湯にさっと浸《つ》かるのはいかがですか」

「ありがとうございます」

　言われた通り、さっと風呂に入ることにする。

　それにしても出立というのはどういうことだろう。旅に出るのか、舟八に戻るか、どちらなのか——。

風呂から出ると、松が握り飯を準備してくれていた。

「お腹が減ったらどうぞ」

「ありがとうございます」

礼を言って受け取る。

金四郎がすぐにやってきた。

「どちらへ行かれるのですか？」

「舟八に戻る。あまり留守にしていると、けい目当ての客も騒ぐだろうし、長屋の連中も気にするだろう」

たしかに余計な噂になるのは避けたいところだ。

「そうですね」

「行ってらっしゃい」

当然、戻ってくるだろうと言わんばかりの調子で松が言う。

「行ってきます」

けいも挨拶して水鳥屋を出た。

「随分と気に入られたようだな」

金四郎が言う。

舟八に帰り着いたときはまだ昼になっていなかったが、彩が忙しそうに働いていた。けいが店に入ってきたのを見るや否や、食事中の客たちがわっと沸いた。

「おいおい。寂しかったぜ、お嬢様」

「お帰り、お嬢様」

口々に声をかけてくる。彩がところかまわず「お嬢様」と呼ぶせいで、けいの呼び名がすっかり「お嬢様」になってしまっている。

少々恥ずかしいが、最近ではすっかり慣れてきていた。

「ただいま」

客に声をかけると、喝采《かっさい》が上がる。客の顔を見るとなんだかほっとした。いつの間にか舟八がすっかり我が家になってしまっている。

「随分と時間がかかりましたね」

彩はごく普通の口調でけいを出迎えた。

「連絡できなくてごめんなさい」

「何か事情があるとは思っていましたよ」

それから彩は金四郎の方を向くと、冷たい笑顔を見せた。

「どうせそこのろくでなしが、お嬢様をおかしなことに巻き込んだんでしょう」

「いきなり決めつけるのは、ひどいんじゃないか」

「では違うのですね？」

「巻き込んではいるが、おかしなことじゃねえ」

「どんなことです」

「盗賊退治かな」

金四郎の言葉を聞いた瞬間、彩の目が冷たく光った。

「よく聞こえませんでした」

「だから盗賊退治をするんだよ」

金四郎が言った。

彩が右手を伸ばして金四郎の左の耳をつねった。

「なんてことをするんですか。お嬢様が危険な目に遭ったらどうするのですか」

彩に言われて、金四郎は言葉に詰まる。

「まあ、流れってやつだな」

彩の目を見ないようにして金四郎が答えた。彩はけいにも視線を向けた。こういうときの彩は怖い。女中というより姉のような存在だ。けいからするとある意味、親より怖い。

「お嬢様は何をなさるのですか」

「盗賊の仲間のふりをして相手を捕まえるのです」

けいが言うと、彩はかっと目を見開いた。

「どこから突っ込んでいいのかわかりませんが、それは危険などという生易《なまやさ》しいものじゃないではないですか。事件と正面から向き合ううえに、虎《とら》の口の中に飛び込むようなものですよね」

彩はけいの方に一歩前に出る。

「少しは危険もあるかもしれませんね」

けいは一歩下がる。

「少しどころではありません。しかも、このろくでなしと別行動することもあるわけですよね」

「そうね」

「失敗して腹いせに女郎屋《じょろうや》にでも売られたら、どうなさるおつもりですか。そこのろくでなしが死のうが生きようが構いませんが、お嬢様の人生が狂ってしまったらだめでしょう」

「そんなに金さんを悪《あ》しざまに言わなくてもいいのではないかしら」

「いえ、言います。これは冗談事ではありません。そもそもその盗賊というのは何者なのですか」

「血煙って人なの」

けいが言うと、彩がまなじりを吊《つ》りあげた。

「ち、け、む、り」

彩が嚙みしめるように復唱する。

「知っているの？」

けいが聞くと、彩が体を震わせた。

「最悪ですね。江戸の盗賊でも、あんなに血を流したのはここ数十年出ていないと言われている最悪の男ではないですか。何をやってるんですか、このろくでなし」

彩はふたたび金四郎を罵《ののし》ると、ため息をついた。

「そうは言っても、もう決めてしまったのならどうせ後にはひかないでしょう。やるからには必ず成功してくださいね」

「頑張るわ」

「頑張らなくてもいいので成功してください。それにしても血煙とは、とんでもない盗賊に行きあたったものですね」

「彩は血煙さんのことをよく知っているの？」

呉服屋の娘なだけに、実感があるようだ。

「呉服屋で血煙を知らない人はいないです。基本的に呉服屋を襲って殺していくという男ですからね」

彩がぶるっと体を震わせた。気丈な彩がこういう反応をするということは、相当残酷な相手に違いない。

「そんなに凶悪なの？」

「ええ。しかも、あの一味はとにかく逃げ足が早くて、奉行所が気付いたときにはもう江戸にはいないと言われています」

「そうなのね。実は直接会ったのよ」

「どういうことですか？　待ってください」

彩は人気《ひとけ》のないところにけいと金四郎を引っぱった。

けいが料理茶屋での出来事を話すと、彩は腕組みをした。

「困りましたね」

「なにが困るの？」

「悪党が顔を晒《さら》すということは、相手を殺すか、仲間に入れるときのいずれかですよ。つまり、お嬢様たちは気に入られてずっと一緒にいるか、利用だけされて殺されるかということです」

確かにそうかもしれない。けいたちがこのまま仲間でいたら、いつ人相《にんそう》書きが作られるかわからない。

「殺されそうな感じはしなかったわ」

「お嬢様は、血煙にどんな印象を持たれましたか」

「どちらかと言うと、子供っぽいところが残っている人なのではないかしら」

「悪人というより無邪気に見えたということですね」

「そうね、残酷な人なのに」

「それは厄介《やっかい》な相手ですね」

彩がため息をつく。

「それだけでわかるの？」

「わかります。人情味があって無邪気な人間の周りには人が集まります。悪人といえども、孤独な悪人は所詮《しょせん》小悪党です。本当に危険なのは、周りに慕われて仲間が集まってくるような悪党なのです。見るからにとっつきが悪いような人間には大したことはできません。お嬢様が好感をもつぐらいなら、相当厄介な盗賊でしょう」

松も同じようなことを言っていた。血煙は明らかに後者だろう。魅力がなければ、何十人もの子分を引き連れることなどできないはずだ。

「どうしましょう」

彩に言われて、けいもさすがに不安になった。

「もしかしたらお嬢様が仲間になることを期待しているのかもしれませんね。このろくでなしも、盗賊になったら一角《ひとかど》の親分になるでしょう。有能な人は雄《ゆう》の匂いを嗅《か》ぎ分けますから、二人を仲間にして一味を強化しようと思っても不思議ではないですね。血煙自身が自分の魅力に自信があるなら仲間、ないなら殺害です」

血煙はいかにも自信家という感じがする。けいはともかく、金四郎を仲間にしようと思うのはいかにもありそうなことだった。

「仲間の方だと思います」

「どうしてお嬢様を仲間にしようと思ったのでしょう。悪女にはとうてい見えないと思いますけれど」

彩が首をかしげる。

「心が綺麗《きれい》だから手元に置いときたかったんじゃねえかな。俺とけいの熱いところを見せてくれって言ってたよ」

「熱いところ……」

彩が考え込む。

「何か引っかかるの？」

「ええ。他人が仲睦《なかむつ》まじくしているところをわざわざ見たいと思わないでしょう？　しかもそれが仲間として信用する理由になるのもおかしいです」

確かにそうだ。

「では、何かの罠《わな》なのかしら」

「そんなつまらない罠は張らないでしょう。殺せばいいのですから」

そうだとするとまったくわからない。けいも考え込む。

「どう考えればいいのかしら」

「恋です」

不意に彩が言った。

「なに？　それ」

「知りませんか？　お嬢様がろくでなしにしているあれですよ」

「誰が誰に？」

「血煙が金四郎に」

「けいじゃねえのかよ」

金四郎が突っこんだ。

「正しくはお嬢様に愛されているあなたに惚《ほ》れたんですよ。恋というのは正しくないですね。憧れたんです」

「しかし、一度会っただけだぜ」

「時間は関係ないですよ。もしかしたら盗賊稼業に疲れることがあったのかもしれません。あなたとお嬢様が闇夜に輝く月に見えたのでしょう」

「そんなことがあるのかな」

金四郎は首をかしげたが、けいはなんとなくわかるものがあった。血煙は生まれ変わりたかったのかもしれない。

「だとすると、悪女ではなくて天女になるのがいいかもしれませんね」

けいの言葉に、彩が頷いた。

「そうですね。極楽に送ってやりましょう」

「そういえば、今回の狙《ねら》いは薬種問屋《やくしゅどんや》らしいの。そこの若旦那が目をつけられたらしいのよ」

「本当ですか」

「ええ。呉服屋と薬種問屋、二ヶ所同時に狙って奉行所の目を逸《そ》らすらしいの。本命は薬種問屋で、呉服屋は囮《おとり》らしいわ」

「お嬢様は、薬種問屋の側に行くのですね」

「ええ。血煙さんも同じ側よ」

「そうですか。それならやはりお嬢様を本当に仲間にする気なのかもしれませんね。油断せず、しっかり準備しておきましょう」

それから彩は金四郎をじろりと睨《にら》んだ。

「お嬢様に髪の毛ほどの傷でもつけたら、七代までも祟《たた》り殺すから、そのつもりでいなさい」

「わかってるよ」

しぶしぶ返事した金四郎の様子がおかしくて、けいは思わず笑ってしまった。

あまり不自然な様子でもいけないので、その日はごく普通に過ごすことにした。久しぶりに彩ともじっくり顔を合わせることができて、ほっとする。

「頼ってしまってごめんなさいね」

「お嬢様に頼られなくなったら、わたしもおしまいです」

彩は当然のように言う。

「恋って本当なの？」

「おそらくは」

彩はなにやら自信ありげである。彩がそこまで言うなら本当なのだろう。

「だとすると、どうしたらいいのかしら」

「そこはあのろくでなしも考えているでしょうから、任せましょう」

「わかったわ」

けいは頷いた。それにしても妙な風向きである。

血煙というひとは、本当はどんなひとなのだろう。

けいは興味を持って考える。そしてその晩は、珍しく金四郎ではなくて血煙のことを考えて眠ったのだった。

第六章

「なんだか今日はお客さんが多い気がするわ」

翌日、けいは店の前にできた行列を見ながら首をかしげた。

「お嬢様が戻ってきましたから」

彩が当たり前のように言う。

「そんなことはないでしょう」

「いいえ、あります。もちろんお嬢様の人気もありますが、献立《こんだて》も元通りになりましたから」

舟八では、料理の献立は二種類あり、「赤」と「白」に分かれている。けいが担当する献立が白、彩が赤だ。担当した色の料理を客に運んでいく。

客はけいと彩の応援団に分かれていて、贔屓《ひいき》の方の料理を頼んでいた。

「料理が一種類になると気抜けするようですよ」

彩がくすくす笑う。

「それなら、今日は張りきらないと」

けいも彩につられて笑ってしまう。いい客に恵まれている、と感謝したくなった。

今日の料理は泥鰌《どじよう》だった。江戸の夏を代表する魚のひとつである。泥鰌の旬は初夏で、夏の季語でもある。

骨までかじって、泥鰌の栄養を丸ごと体の中に入れてしまう。

牛蒡《ごぼう》と一緒に煮るのが定番だが、別に牛蒡でなくても構わない。牛蒡が泥鰌の臭《くさ》みを吸い取ってくれるのと歯ごたえがいいのとで、人気があるだけだ。

舟八では、泥鰌と煮るのは冬瓜《とうがん》だ。冬瓜も夏が旬で、一緒に煮込んだ食材の旨《うま》味《み》を何でもかんでも吸い込んでくれる。

実が透明になるまで煮込むと、しゃくしゃくとした歯ざわりと泥鰌の旨味を吸い込んだ味わいとが相まって、たまらなく美味《おい》しい。

赤はたっぷりの薬研堀《やげんぼり》（唐辛子）と一緒に煮込んだ地獄味。白は生姜《しようが》と煮込んで体がポカポカと温まる極楽味である。

今日は晴れというよりは曇りに近く、湿気がかなり多い。そのせいか、薬研堀よりも生姜の方が人気だった。

「お嬢様の人気ですね」

彩が嬉《うれ》しそうに言う。

「湿気のせいでしょう」

けいはそう答えながら、なんとなく客を見回す。心の中でどことなく見られていることを意識していた。

そうは言っても舟八には一見《いちげん》の客も多い。誰が血煙の仲間なのか、察することはとてもできそうにない。

その男は、舟八に来たときから妙にそわそわしていた。きょろきょろと辺りを見回すわけではない。むしろ、けいをじっと見ている様子だった。

けいのことを気に入ったという感じでもない。何かを企《たくら》んでいるような表情だった。

なんとなく気になって、その男のことを観察する。その男は手早く食事を済ませると、ゆっくりと茶を飲んでいる。

一見ぼんやりしているように見えて、どことなく辺りに気を配っているような気配もある。

十手《じって》のようなものが見えた気もするが、気のせいだろうか。

もしかして、血煙の仲間には岡っ引きがいるのかもしれない。もしそうだとしたら、煙のように消えてしまう段取りの良さも納得がいく。

岡っ引きが探索の情報を教えたり、同心を間違った方向に誘導したりして、血煙を助けているのかもしれない。

そうだとするとかなり厄介だ。事件を調べる側が敵になっている。岡っ引きが犯罪に加担していることがわかれば、即死罪になる。

それでもなお加担しているとすれば、余程の報酬があるか、血煙がよほど魅力的ということになる。おそらくはその両方だろう。

と言っても、まだ岡っ引きかどうかはわからないから決めつけてはいけない。

本当に岡っ引きなら、十手を腰にさしているはずだ。

しかし、腰を見ても十手はない。勘違いだったのか、と思ったとき、懐《ふところ》から朱色の房が見えた。

どうやら懐に十手を入れているらしい。

しかし、岡っ引きの数は多い。ここにも偶然やってきたのかもしれない。岡っ引きに言いがかりをつけるわけにもいかないから、黙ってやり過ごすことにした。

あとは、この辺りを縄張りにしている岡っ引きに聞いてみるしかないだろう。目立った特徴があるかどうか、さりげなく観察する。

よく見ると、右の耳たぶに小さな刺青《いれずみ》がある。はっきりとはわからないが、蜘蛛《くも》のような形をしている。覚えておけば良い目印になるだろう。

男は特に何をするわけでもなく、普通に食事をして帰っていった。なんだか拍子抜けしてしまう。

昼過ぎに仕事を終えると、いつものように休憩する。食事はすべて出し切ってしまうから、けいたちには特製のまかないが出る。

今日のまかないは素麺《そうめん》であった。

「夏は素麺が美味しいですね」

彩が嬉しそうに言う。

「と言っても、素麺だけじゃ力が出ないからね。色々と添えてあるよ」

梅の言う通り、そうめんには様々な薬味が添えてあった。

梅干しを叩《たた》いたもの、胡瓜《きゆうり》、そして細切りにした冬瓜が添えてあった。梅が出してくれたつゆにつけて素麺をするすると流し込む。

梅や胡瓜も美味しいが、素麺には細切りの冬瓜がよく合う。ひと塩して軽く酢をかけてあるらしい。細切りにしているのは冬瓜の皮の部分で、ほんのり苦味がある。しかしその苦味が素麺の味を引き立てているのだ。

「これはいくらでも入ってしまいそうですね」

彩はそう言うと、あっという間に素麺を平《たい》らげた。

「おやおや、もう少し持ってこようかね」

梅がお代わりを出してくれる。けいの方も、すぐに食べ終わってしまった。やはりお代わりをもらって食べる。

食べていると、どこかから金四郎が戻ってきた。

「お、素麺か。いいもの食ってるな」

「金さんの分もちゃんとあるよ」

梅がそう言ってすぐに素麺を作る。金四郎の分は、最初からけいたちの三倍はありそうな量だった。

金四郎は、それをつるつると一気に平らげた。

「金さん、今日は岡っ引きの方がお昼を食べに見えたんですよ」

「名乗ったか」

「いえ。黙って食べて帰られました」

「何か特徴があったか」

「右の耳たぶのところに蜘蛛の刺青が彫ってありました」

「耳たぶに刺青か。そいつには仲間がたくさんいるな」

「どういうことですか」

「ヤクザにも色々いるんだけどよ。仲間が多くなると知らない顔も出てくるだろう? そのときのために体の一部に符丁《ふちょう》を入れておくのさ。蜘蛛や鳥の場合もあるが、将棋の駒《こま》だったり賽子《さいころ》だったりを彫ることもある」

するると、耳たぶに蜘蛛の刺青を入れた人間が、これからしょっちゅう舟八を訪れる可能性だってあるということだ。

そしてさりげなくけいと金四郎を監視し、信用できるか調べるのだろう。

ただ、ここに油断がある気がする。自分たちが一方的に見張っているという気持ちが、自分たちも見張られているかもしれないという気持ちを消してしまうだろう。

今は相手をいい気にさせておくほうが良さそうだった。

「奥山さんに連絡して、火盗改《かとうあらた》めとも上手《うま》く協力したいですね」

「それと、その岡っ引きの素性《すじょう》を調べないといけねえな」

「どうしましょう」

「そいつは蛇《じゃ》の道は蛇《へび》だろう。奥山に聞いた方がよほど早い」


翌日の昼すぎ。

けいは、「白」の膳《ぜん》を運んでいた。

いつもと変わらぬ舟八の光景である。

「迎えに来た」

不意に金四郎の声がした。

声のした方を振り返ると、金四郎が立っている。黒の着流しに紺の羽織。羽織には笹《ささ》の葉の模様が散らしてある。

「祝言《しゅうげん》ですか」

思わず返した。けいの返しにまだ残っていた客がどっと笑う。

「祝言じゃねえよ」

「でもそれは、彦星《ひこぼし》を模していのではないですか？」

滝浴《たきあ》みの時期に笹の模様を着れば七夕《たなばた》を意味する。そのうえで男女が出かけるとなれば、まさに天《あま》の川《がわ》を歩こうと言っているのに等しい。

「祝言は大げさだけどよ。彦星には違いないな」

金四郎は笑うと、右手を差し出してきた。

「織姫《おりひめ》と逢引《あいび》きといこうじゃねえか」

「え。だめです」

けいはきっぱりと首を横に振った。

「なんでだ？」

「天の川を歩く着物がありません」

けいはきっぱりと言った。かっこいい金四郎と歩くなら、それにふさわしい恰好《かっ》好《こう》というものがある。店で働いている恰好が恥ずかしいわけではないが、逢引きの恰好ではない。

店では履物《はきもの》だって動きやすいように下駄《げた》を履いている。これも逢引きにふさわしい下駄ではない。船宿は足元が濡《ぬ》れることが多いから下駄が便利なのだ。

「恰好なんてなんだっていいだろう。地がいいんだから」

金四郎が肩をすくめた。

「ご冗談ですよね」

「もちろん冗談だ」

けいの剣幕に金四郎が慌てて言った。

「しかしどうするかな」

「大丈夫です。お嬢様」

横から彩が口を挟んできた。

「こんなこともあろうかと思って、何もかも用意してあります」

「どうやって？」

「梅さんに頼んで、お嬢様の着物は何種類も用意してありますよ」

「さすが彩ね」

けいは嬉しくなった。けいだけでは、とても思いつかなかっただろう。

「お召しかえを。お嬢様のお部屋で支度をしましょう」

「ありがとう」

けいが言うと、彩はにっこりと微笑《ほほえ》んでから金四郎に冷たい目を向けた。

「気が利《き》くような素振りをしていても、化けの皮はすぐに剝《は》がれますね。あなたのような人のことをろくでなしっていうんですよ」

そう決めつけるように言うと、彩はけいを部屋に連れていった。

「いますぐ用意してまいります」

彩が出ていくと、けいはひと息ついた。

金四郎と出かけられるのは正直嬉しい。でも、どうして突然そんな気になったのだろう。血煙の一件が関係しているような気がする。

逢引き。はっきり口にされると、たとえ芝居のつもりだとしても心が躍る。でも、わざわざ皆の前で言うということは、おそらく芝居なのだろう。

しかし、瓢簞《ひょうたん》から駒《こま》という言葉もある。

ここは金四郎の心を射止めるようにがんばるべきだ。

しばらくして彩がやってきた。

「相手が彦星ですから、織姫でいきましょう」

彩が用意したのは、浅葱色《あさぎいろ》の地に白で流水柄《りゅうすいがら》を染めたものだった。金四郎の笹と合わせてのことに違いない。

これなら並んで歩くとちょうどいい。

「簪《かんざし》はこれを」

彩が、笹と短冊をかたどった簪を出してきた。

「紅《べに》はこれにしましょう。笹紅色もいいですが。お嬢様にはやはり深紅がいいです」

そう言いながら、紅もしっかり塗ってくれる。

「ありがとう、なにもかも。でもどうしてこのようなものがあるの？　金四郎様に誘われることを知っていたの？」

「知りませんよ。ただ、いつ誘われてもいいように、逢引きのための装《よそお》いはいつも用意してありました。あのろくでなしを一直線に落とすと、お嬢様と約束しましたから」

けいとしても、いざ金四郎に迫られたときに装《よそお》いが整っていないと、それが理由で拒絶することにもなりかねない。

だから彩の手回しを心からありがたいと思った。

部屋から出ると、下駄も普段履きのものではないものが置いてあった。

「これは紅絹《もみ》の鼻緒を使っています。わかりますね？」

彩が笑顔になる。

これは金四郎に鼻緒を買ってもらえという意味だろう。履物のおしゃれは鼻緒で決まる。紅絹は悪くはないが、もう少し上の天鵞絨《ビロード》の鼻緒がいい。

だとすると、今日行く場所も自《おの》ずと決まってくるというものだ。

外に出ると、思いがけず客が増えていた。みゆき長屋の小吉や増吉、留吉までいる。

「この時間に、ここにいていいのですか？」

思わず留吉に声をかけた。

「俺たちいまは冷やかしの時間でね。普段は吉原を冷やかすんだけど、金さんがおけいちゃんを逢引きに誘うっていうから見物に来たんだ」

「どうして知ってるのですか」

けいは驚いて尋ねた。

「彩さんが教えてくれた」

増吉が言う。

どうやら彩は外堀をしっかりと埋めるつもりらしい。

「いつもよりもさらに別嬪《べっぴん》だね。なんか天女《てんにょ》みたいだ」

留吉が感心したように言う。

「ありがとう」

礼を言うと、今度は堂々と金四郎に右手を差し出した。

「お供します」

「おう」

金四郎はいつもとは少し違う表情で、けいを見ていた。

「どうしたのですか？」

「別嬪だと思ってな。前から思ってはいたけど、今日は格別だ。なんだか照れちまうな」

この態度は新鮮だ。今日は「逢引き」ということを意識しているから、けいを見る目もいつもとは違うものになっているのだろうか。

「では、参りましょう。金四郎様」

けいもつられて、いつもと違う呼び方になる。逢引き気分につられたというのもあるが、今日の金四郎は格別にかっこいい。いつもの呼び方だと、なんだかもったいないような気がしたのだ。

「どこに行くのですか？」

けいは尋ねながら、金四郎の左袖《そで》にしがみついた。

「うん。じつはな、おけいに贅沢《ぜいたく》して欲しいんだ」

「俺が貢《みつ》ぐ様子を血煙に見せたいんだ。ああいう上に立つ男にこそ、心の奥底では誰かに尽くしたい気持ちがあるからな。そいつをくすぐってやるのさ。だから少し派手に金を使ってくれ。持ち合わせはたっぷりある」

「贅沢ですか？」

「どこから持ってきたんですか？」

「母上がくれた。おけいと出かけるって言ったら、好きに使えって言われたよ」

どうやら、母君はもうその気らしい。ここで押しきれなければ、女がすたるというものだ。

「では、日本橋に参りましょう」

「いいな。なにを買うんだ？」

「下駄の鼻緒です」

けいが言うと、金四郎が首をかしげた。

「そんなに高いか？　十九文見世で売ってるだろう？　十九文で」

「あそこで売っているのは日用品です。おしゃれのためのものではないです」

「おしゃれな鼻緒っていくらなんだ？」

「十五両くらいでしょうか」

けいが答えると、金四郎が咳《せ》きこんだ。

「おいおい、鼻緒だぜ？　下駄が高いんじゃないのか？」

「下駄の値段はたかが知れてます。せいぜい一分と一朱というところです」

「いまの、その鼻緒も高いのか？」

「これは紅絹ですから、そうでもないですよ。三分くらいです。これから買いにいく天鵞絨の鼻緒が高いんです」

「そうかい。まあ、好きに買ってくんな」

金四郎がため息をついた。本当のところ、金四郎が買ってくれるなら紙の鼻緒でも嬉しい。しかし今日は散財するのが目的なのだから、しっかりと散財する。

「ところで、これは血煙さんに見せるためのお芝居なんですよね？　本当にわたくしたちを見張っているのでしょうか」

「本人が直接見張ってるかどうかはわからねえが、誰かに見張らせているには違いないだろうよ。俺たちが一緒に住んでいるのはわかっただろうが、まだ信用はしてないだろう」

舟八から日本橋界隈《かいわい》まではそう遠くはない。

浅草橋を渡ればすぐである。ただ浅草橋は何度も流されて少々心許《こころもと》ないから、けいは柳橋《やなぎばし》を渡る行き方が好きだった。

「柳橋を通っていきましょう」

「お。いいぜ」

柳橋は料亭が軒を連ねているから、昼間から賑《にぎ》やかである。といっても、舟八の周りのように道端に酔っ払いがごろごろと転がっているようなことはない。あくまで優雅に遊ぶのである。

料理茶屋の前を通って通油町《とおりあぶらちょう》の方まで出てくると、いかにも日本橋らしい雰囲気に変わる。人通りが増えるだけではなく、人の種類が雑多になる。

江戸に住んでいる人だけではなく、他の地方からやって来る人も多いためだ。

通油町は「炭屋」が目立つ町だ。下り蠟燭《ろうそく》問屋も炭屋。小間物屋も炭屋。打ち物問屋も炭屋。鼈甲屋《べっこうや》も炭屋。たまたま同じ屋号なのか親族なのかはわからないが、とにかくあちこちに炭屋がある。

「なんだか炭屋だらけだな」

金四郎も感心したように言う。

「小間物屋としてはなかなか良いものを揃《そろ》えているのですよ」

けいはそう言うと、小間物屋の炭屋の前に立った。

「いらっしゃい」

けいを見ると、手代《てだい》らしき男がすっと店先に出てきた。

「なにをお探しでしょう」

「鼻緒を探しているの。上品をね」

「おまかせください」

手代は満面の笑みを浮かべた。

こういう店で「上品」と口にするからには、値段は気にしないという意味だ。むしろ高ければ高いほどいい。

「これなどはいかがでしょう」

手代が三種類の鼻緒を持ってきた。赤いものと深緑のもの。そして黄色である。

「黄色いのは別珍《べっちん》でございます」

「それもいいわね。どうしよう、何がいいかしら」

「奥様でしたら、この黄色いものがお似合いかと存じます。あえて申し上げるなら、この赤い天鵞絨のものとふたつ、お買いになるといかがでしょう。あわせて買っていただければ、かなりお安くできるかと存じます」

「こちらの天鵞絨が十五両。別珍は十八両なのですが、両方なら二十八両で結構です」

「それは随分お安いですわね」

けいは金四郎の方を見た。

「天鵞絨とか別珍とか言われても、全然わからねえよ」

金四郎が困った顔をする。

「殿方は財布の口は開いても、生身の口は閉じている方が風流ですよ」

手代は満面の笑みで金四郎を見た。

けいがくすりと笑う。

「財布の口だけ開くことにする」

「ありがとうございます」

手代が頭を下げる。

「さっそくお使いになりますか？　それもですが、下駄はそのままですか？　新しい下駄はいかがでしょう。ご用意しますよ。料金内でけっこうです」

「ありがとうございます」

「どのくらいお得なの」

「では下駄を準備してまいります」

手代が奥に引っこむと、金四郎は腕を組んだ。

「芝居じゃなくて本当に金がかかるもんだな」

「あら、これからですよ」

「なにがだ」

「まあ見ていてください。金四郎様にも面白い体験かと思います」

けいが言うと、金四郎が幽霊でも出てきそうだ、という顔をした。

手代が下駄を持ってきた。黒と金で塗った下駄に、黄色い鼻緒がよく合う。

「これはなかなか上物《じょうもの》の下駄ですよ」

「ありがとう」

履いてみると、履き心地もいい。

「嬉しいわ」

「よくお似合いです」

そう言ってから、手代が思い出したように金四郎を見た。

「そういえば、旦那様。奥でたまたまこんなものを見つけまして」

そう言って取り出したのは鼈甲の櫛《くし》であった。

「最近は馬の骨に鼈甲をかぶせた偽物も多いですが、これは真物《しんぶつ》でございます。どこかの馬の骨ではありません」

「いくらだ」

「八両でございます」

「わかった。それも」

「ありがとうございます」

手代が奥に引っ込むと、けいは思わず笑ってしまった。

「身ぐるみ剝がされますよ、金四郎様。ここは小間物屋なんですから」

「小間物屋だと、なんで身ぐるみ剝がれるのだ」

驚きのあまりか、遊び人口調が抜けてしまっている。

「櫛から簪、扇子《せんす》に日傘。ありとあらゆるものが揃っています。わたくしが今着ている着物以外、一式まるごと売りつけるまで止まりませんよ。盗賊に入られる方がまだ出費が少ないくらいです」

「なんということだ」

金四郎が唸《うな》った。

そして奥からやって来た手代は、簪と扇子を新たに手にしていたのであった。

「ありがとうございます」

品物はあとで舟八に届けてもらうことにした。下駄だけは新しいものに履き替えたが、あとは彩の見立てのほうを優先したのである。

「いや、すごいな。正直、一両もあれば足りると思っていた。まさか六十両も使わされるとは思わなかった」

金四郎がため息をつく。

「女は恐ろしい」

その様子は真剣そのもので、けいは楽しくなる。

金四郎が金を使ったことが楽しいわけではない。炭屋の手代から見て、押せば金を使ってくれる世間知らずな旦那様だと思われたことが楽しいのである。

小間物屋の手代は、毎日客に物を売っている。引き際はよく心得ていた。気分を害すると二度と来てくれないから、相手が不愉快になるほどは押さない。

六十両売りつけるというのは、かなり甘く見られたのである。

けいが思うに、血煙は金四郎の「甘さ」を好きになったのではないかと思う。

血煙の世界では、甘さを見せたら足を掬《すく》われるのだろう。

だから、金四郎が春の陽《ひ》だまりのように見えるに違いない。もちろん金四郎が苦労をしていないわけではない。

しかし、周りの人に愛されながらの苦労だ。皆を信じたうえで遊び人をやっている。血煙はおそらく、誰も信じられないのだろう。

金四郎と仲良くなれば、人の心も戻ってくるのかもしれない。だが、血煙はもう血を流しすぎている。

いまさら助かる道もないだろう。

「どうした？」

考え込んでいるけいに、金四郎は声をかけてきた。

「なんでもありません。わたくしは幸せ者だと思ったのです」

「俺は少し不幸かもしれねえな」

金四郎はおどけたように笑う。

歩いていると、道の向こうから奥山がやって来るのが見えた。

奥山もこちらを見つけて向かってくる。

「こんにちは」

けいが挨拶《あいさつ》をすると、奥山は頭を下げた。

周りの通行人が驚いて振り返った。

火盗改めは頭を下げない。「こんにちは」などと言うこともない。ふんぞり返って「おう」と言うのが彼らの挨拶である。

だから傍目《はため》から見ると、けいと金四郎は特別な人間に見える。

これは奥山とは打ち合わせ済みの作戦である。

奥山が頭を下げている姿を見れば、火盗改めに顔が利《き》くことが信じられるだろう。そしてけいたちを仲間に加えれば、火盗改めの追及を逃れられると考えるに違いない。

火盗改めは江戸の治安を守る存在だが、庶民の味方というわけではない。盗賊の敵だから、結果、庶民が助かっているに過ぎない。

だから自分たちの仲間を庇《かば》うためなら、庶民を見捨てることもある。

ただ、岡っ引きと違って正義感はずっと強い。庶民に嫌われながらもなんとか上手くやっているのは、正義感が強いことを庶民も知っているからだ。

「今日は随分とお綺麗《きれい》ですね」

お世辞ではなさそうに奥山が言った。

「ありがとうございます」

けいは嬉しくなった。今日のけいは誰から見ても美人というわけだ。

「いろいろとよろしくお願いします」

奥山はそう言うと、さっさと歩いて行った。

「これからどうしますか」

「薬種問屋の下見に行こうじゃないか」

「いい考えですね」

今日の恰好なら、下見に行っても怪しまれることはないだろう。

「富屋って店だ。本銀町《ほんしろがねちょう》にあるらしいぜ」

「では行ってみましょう」

通油町から本銀町まではすぐである。大伝馬町《おおてんまちょう》を抜けてしまえば、もう目と鼻の先だ。

「店に行く前にお参りしませんか？」

「どこにだ」

「白旗稲荷《しらはたいなり》です。龍閑橋《りゅうかんばし》のそばにあるでしょう？」

「あったかもしれないな。あまり大きくない稲荷だろう」

橋のたもとにある稲荷神社にお参りする。みんなが幸せになることは今回の場合はないだろうが、上手く事件が解決してくれることを祈る。

　白旗稲荷のすぐ近くに富屋はあった。ここならすぐに舟で逃げられるから、盗みを働くには具合のいい立地である。

　本銀町は米屋が多いせいか、空気の中に米と薬の匂いが混じっている。

　店の前に立つと、豪華な立て看板があった。「牛黄清心丹《ごおうせいしんたん》」と書いてある。身の丈ほどの高さの柱が立っていて、文字の部分には金箔が貼ってある。

「こいつは、百両はくだらない看板だな」

「高そうですね」

「店に入ってみるか」

　金四郎は店の中にすっと入っていく。けいも後に続いた。

　店の中には手代らしき男が二人、番頭が二人いる。その他にも働いている者が三人。客の数も多く、繁盛《はんじょう》しているようだ。

「お探し物ですか」

　店の者がひとりやって来る。

「最近、妻が疲れやすくてな。いい薬を探している」

　金四郎が言うと、店の者が笑顔を浮かべた。

「それならうちの薬はよく効きます」

「では、一月分《ひとつき》ほど買い求めたい」

「それなら三両になります」

「うむ。包んでまいれ」

金四郎が返事をすると、すぐに奥に引っこんだ。

「高いんですね」

「牛黄と人参《にんじん》は高いからな」

「それなのに、こんなにお客さんが来るんですね」

けいが言うと、金四郎は当然という顔になった。

「健康に金はかかるものさ」

店の人間はすぐに戻ってきた。手に薬の袋を持っている。金四郎は三両渡すと、受け取った。

「効果があればまた来る」

「お待ちしています」

店から出ようとした瞬間。

ひとりの男が店の中に入ってきた。舟八に来ていた岡っ引きである。

「おう。主人はいるか」

店の中が静かになる。岡っ引きは十手を振りかざすと、辺りを見回した。

「なんか文句でもあるのか」

客は全員、目を伏せた。そうして店から出ていく。あきらかに危なそうな岡っ引きには抵抗のしようもないからだ。絡まれないうちに出るに限る。

店の者以外には、金四郎とけいだけが残った。

「店の主人は奥かい？」

岡っ引きが、ずかずかと奥に入ろうとする。店の者が慌てて止めた。

「いま主人を呼んでまいります」

「入られちゃ困るっていうのかい」

岡っ引きが凄《すご》む。

「そんな汚い足で入られちゃあ、迷惑だっていうんだよ。汚いのは顔と根性だけにしておけよ」

金四郎がからかうように声をかけた。

岡っ引きが金四郎の方に顔を向けた。

「お前、だれだ？」

「浅草じゃあ、遊び人の金さんで通ってるな」

金四郎が飄々《ひょうひょう》とした様子で言った。

「遊び人が十手相手に、何か言うことでもあるのかよ」

岡っ引きが十手を金四郎に向けた。

「遊び人だからって、誰かに迷惑をかけてるわけじゃねえよ。ごろつきみたいな岡っ引きに言われる筋合いはねえ。それよりお前、本当にこのへんが縄張りか？　見たことないぞ。他人の縄張りで、たかりなんてしていいのかい」

金四郎に言われ、岡っ引きは怯《ひる》んだ。

自分の縄張り以外でたかりをするのは、その地の十手持ちから金を盗むのと同じである。バレたら、ただではすまない。

「別にたかりに来たわけじゃねえよ」

「じゃあ、なんだ？　さっきそこに火盗改めの旦那が歩いていたからよ。ちょっと二人で出かけようじゃねえか」

火盗改めと言われて、岡っ引きはさらに怯む。火盗改めは岡っ引きを嫌っている。すでに盗賊から足を洗った密偵ならいいが、現役で悪いことをしているやくざ者に十手を渡すのに反対しているのである。

だから相手が十手を持っていても、かまわず捕縛してしまうこともあった。

「だから、たかりじゃねえって。まあいいや、今日のところは勘弁してやる」

岡っ引きが出ていった。

「おう。塩でもまいておけよ」

金四郎はそう言い捨てると、けいを連れて店を出た。

店を出ると拍手が聞こえた。さっきまで店の中にいた客たちが見守っていたのである。質《たち》の悪い岡っ引きが追い払われたことに、胸がすっとしたらしい。

「金さんっていうんだね。気に入ったよ」

誰かが言った。

金四郎は軽く右手を上げて挨拶をすると、そそくさと店の前から立ち去った。

「ちょっと目立ちすぎたかな」

照れたように笑う。

「かっこよかったです」

町人の恰好をして岡っ引きに立ち向かうのは、普通に考えるとかなり恐ろしい。自分とは関係ない人間のために戦える金四郎は、やはりすごいと思う。

「さっさと退散しよう」

金四郎がけいを引っぱるようにして歩く。

通油町まで逃げてきて、やっと少し落ち着いた。

「やれやれ。今日はもう帰ろう」

「そうですね」

「ところで金さん」

「なんだ」

「さっきの岡っ引き、舟八に来ていた人だと思うのです」

「あいつか」

金四郎が考えこむ。

「舟八に戻って考えようじゃないか」

早々と舟八に戻る。

到着すると、彩が店で待っていた。

「なかなかいいものをお買い求めになりましたね」

けいの下駄を見るなり、口にする。

「鼻緒があんなに高いなんて思わなかったよ」

金四郎が肩をすくめた。

「殿方の下駄はそう高いものではないですからね。男の下駄は歩くための道具ですから。女の下駄とは違います」

とりあえず今日買った鼻緒は、彩の目から見ても合格のようだ。

「ところで、気になることがあるのです」

けいは先ほど富屋で覚えた違和感を口にした。

「なんでしょう」

「さっき薬種問屋の富屋に行ったときに岡っ引きが来たのです。自分の縄張りでもない場所で、店の奥まで踏み込もうとしたのです。なんだかおかしいです」

「そうだな。あれはちょっと不思議だった。店の奥を見物したいようだったな」

「あの十手持ちは血煙の一味ではないでしょうか」

岡っ引きなら、強引に店に入ることもできる。あらかじめ十手を使って店の中を確かめておき、当日、引き込みをするのかもしれない。

「もしそうなら、店としては防ぎようがありません」

彩が硬い表情で言う。

「どうしたって十手には弱いですからね。そこを犯罪に利用するのは最低です」

最も重い罪を科せられるのが、岡っ引きによる犯罪である。だから岡っ引きが口を割ることはまずないと言っていい。

「これは大きな問題です。奉行所の威信にも関わりますよ」

それからけいは金四郎に言った。

「明日になったら兄に相談してみます。奥山さんにも相談しましょう」

「そうだな。ちっと根回しはいるかもしれないな」

それから金四郎は大きく伸びをした。

「今日のところは寝よう」

「はい」

金四郎が、当たり前のようにけいを布団《ふとん》に招く。

同じ布団で寝ることにも、かなり慣れてきた感じがする。

金四郎の体の横にすべり込むと、不意に金四郎が言った。

「少し練習するか」

優しい笑顔である。けいが不安にならないように気を遣《つか》ってくれているようだ。

練習。

もちろん口吸いの練習だろう。体も密着しているし、周りに人がいるわけでもない。たしかに、これ以上ない状況である。
断る理由は何もないが、胸がどきどきする。
せっかくの金四郎からの申し出だ。ここは受けるべきだろう。
「かしこまりました」
そう言うと、けいは目をつぶった。
金四郎の唇を待つ。
しかし、いつまで経《た》っても唇が来ない。
薄く目を開けると、金四郎はすっかり眠っていた。
かなり疲れていたのだろう。
「人の覚悟を返してください」
寝顔に軽く文句を言ったが、次の瞬間には、けいも眠りに落ちていたのだった。

第七章

目が覚めると、金四郎はもう布団《ふとん》にいなかった。

昨日は惜しかった。いきなり練習と言われても心の準備が少し足りなかったかもしれない、と今さらながらに思う。

布団から出ると、金四郎が戻ってきた。

「昨日はすまなかったな。寝てしまったようだ」

金四郎が照れた顔をする。

「いいえ。わたくしも準備不足でしたから」

「そうか。ならいい」

金四郎はすっかり普段の金四郎だった。

「では、行ってまいります」

「うん。気をつけてな」

けいは兄の一知のところに行くつもりだった。岡っ引きが事件に絡んでいると
なると、兄に相談したほうがいい。

市ケ谷《いちがや》にある役宅まで出向き、すぐに一知の部屋に通された。

一知が出てくると、けいは両手を畳についで挨拶《あいさつ》をした。

「そのようなものはいい。わざわざ来るということは上手《うま》くいったのか？」

一知が嬉《うれ》しそうに言う。

「何がですか？」

「金四郎殿と上手くいったのかということだ」

「違います」

首を横に振ると、一知はがっくりとうなだれた。

「上手くいって欲しいのだがな」

「がんばります、もちろん。それよりも今日はご相談があるのです」

「申せ」

「いま血煙という盗賊の仲間になっています」

けいが言うと、一知は咳《せ》き込んだ。

「おまえがか？」

「はい。潜《もぐ》り込んでおります」

「随分と無茶をするな」

そう言うと、一知はため息をついた。

「あれは証拠を残さないゆえな。しかしなぜだ」

「偶然知り合ったのです」

真実をすべて語る気はなかった。一知にはわかってしまうかもしれないが、余計なことは言わなくてもいいだろう。

「それでどうするのだ」

「仲間のふりをして捕まえます。ここに来たのは、血煙一味の引き込みのことなのです」

「どういうことだ」

「血煙は、岡っ引きを引き込みに使っているのではないかと思うのです」

そう言って兄の反応を見る。

一知は、けいの言葉を聞くと腕を組んだ。

「ありそうな話だな」

「岡っ引きが盗賊の一味であれば、庶民はなす術《すべ》がありません。奉行所の信用にも関わることになると思います」

「そうだな。ゆゆしきことだ」

言いながらも、一知はあまり驚いた様子は見せなかった。

「ご存じだったのですか？」

けいが尋ねると、一知は軽く頷《うなず》いた。

「血煙のことは知らぬ。だが、岡っ引きが事件の手引きをしている疑いはあった。火盗改《かとうあらた》めは岡っ引きを使わぬから詳しいことは知らぬがな」

それから一知は大きくため息をついた。

「わしは岡っ引きを使うのには反対だ。しかし町奉行所の言い分では、使わないでは立ち行かないという。現場の声というのをないがしろにはできぬゆえ、目をつぶっておるのだ」

「今回も目をつぶられるのですか？」

「そのようなことはせぬよ。ただ、町奉行所には内緒にしておこう」

それから少しの間、一知は黙っていた。

「火盗改めとしては血煙の件は引き受ける。けいは危なくないようにな」

「わかりました」

「こちらは隠密《おんみつ》裏に事を運ぶゆえ安心しろ」

「はい」

「それと金四郎殿をしっかりと射止めろよ」

「もちろんです」

けいは頭を下げると、市ヶ谷の役宅を出た。

舟八に戻るべく浅草の方に向かおうすると、なんと血煙が向こうからやって来た。

「こんにちは」

頭を下げる。

「あんたと話したくてな。どこに行ってたんだい」

「兄のところですよ」

「へえ」

血煙は興味深そうな顔をした。

「俺たちのことを売りに行ったのかい」

「そうかもしれませんね」

けいがくすりと笑った。

「だとしたら、殺しますか？」

けいが言うと、血煙は首を横に振った。

「ひとを殺すことに興味はないな」

「毎回、皆殺しにしているんでしょう？」

「足がつくのが嫌だから殺してるだけだ。楽しんでるわけじゃないよ」

「わたくしを生かしておくと危険なのではないですか」

けいに言われて、血煙は腕を組んだ。

「そうだな、あんたも金四郎も危ないかもしれないね。でもさ、あんたたちを殺す気にならないんだよね。不思議だな」

けいは舟八に向かって歩き始める。血煙も並んで歩き始めた。

「あいつのどこが好きなんだい」

「何もかもですよ。特にここというのはありません」

「好きなところが言えないのかい」

「好きというのは、好きだけでいいのです。嫌いになったら嫌いな理由はいくらでも出てくるでしょう。そこが好きと嫌いの大きな違いだと思います」

「好きに理由はいらないのか」

「わたくしはそう思います」

「そうか。じゃあ俺はひとを好きになったことはないな、きっと。あんたたちが羨《うらや》ましいね」

表情を変えないまま、血煙が言う。そしてそれが少し寂しいのに違いない。人を好きになったことがないというのは本当のことなのだろう。

「仲間の皆さんのことはどう思っているのですか」

「あいつらは大事だけどよ、女を好きになるのとはまた違うよ。うちの仲間には女はいないからな」

「そうなんですね」

けいは血煙の一味の全員を把握してはいない。男だけの一味だとは思わなかった。

「生き延びたかったらさ、女を入れてはダメなんだよ。男っていうのはさ、女が混ざってると自分が一番いい男だって威張りたくなる。だから女を巡って仲間の間に亀裂が走ってしまうんだよ」

「わたくしはいいのですか？」

「あんたは最初から金四郎のものだろう？　だから問題ないと思うけどな。それにこう言っちゃなんだが、二人を見ているとなんだか楽しいんだよ。俺は」

けいは彩の言った「恋」という言葉を思い出した。二人あわせて恋をされているような気持ちになる。

「わたくしたちを見て幸せになれるのなら、なによりです」

「だから裏切らないでくれよ。仲間でいてくれたら、俺は何でもするぜ」

「それが言いたくて後を尾《つ》けてきたんですか」

「それもあるけど、一人でいるあんたと話してみたかったんだ。仲間がいるときじゃなくて、なんだろうな。自分の気持ちがよくわからないな」

「まるで口説《くど》かれているみたいです」

けいは息を吐いた。

血煙は、けいに言われてはっとなったようだった。

「すまねえな。口説くつもりはないんだ。もちろんさ、あんたみたいな女が俺の女房だったらいいって思わないってことはないけどよ。それと同じぐらい、金四郎に俺の仲間でいて欲しいんだよ」

「金さんのどこがいいのですか」

「理由はないな。好きなんだろうよ」

血煙は笑った。

「いけねえな。こんな気持ちを持ったら、ヘマをして死んでしまうのかもしれないな。足を洗ってみんなで商売でもした方がいいかもしれない」

「それはいい考えですね。今からでもそうしてはどうですか」

けいは心からそう言った。

「あんた、金が欲しいんだろう。十五両もするような鼻緒を買ってるのを見たぜ」

やはり見られていたのかと、けいは思う。それも手下ではなくて自分で直接見張っていたらしい。

「それはそうですけど、ヘマをして死んでしまうのは嫌です。命があるからお金が欲しいんですよ」

「違いない」

血煙は声を上げて笑った。

「俺の仲間には、商売なんてできるやつはほとんどいないんだ。盗賊しかできない不器用な連中だからな。面倒を見てやらないと」

責任感は強いらしい。

でもここで足を洗ってくれたら、もしかしたら助かるかもしれない。けいは真剣に血煙の顔を見た。

「死ぬようなことはやめたほうがいいのではないですか？」

「まるで心配してるみたいじゃないか」

「心配してますよ」

「なんで心配するんだ」

「理由なんてありませんよ。必要もないでしょう。〝好き〟も心配も感情ですから理由なんていらないんです」

きっぱりと言う。どんな凶悪な盗賊だったとしても、やり直すきっかけがあるならやり直して欲しいと思うのだ。

「誰かに心配なんてされたことないな」

血煙は少し寂しそうに笑った。その表情は盗賊の首領というよりも捨てられた子供のようだった。

「ありがとう。楽しかったよ、またな」

血煙はけいと話す気持ちが失《う》せたらしく、ふいっと去ってしまった。

足を洗ってくれるようにもう一度説得するべきかという思いも過《よぎ》る。だが、仲間のためにやるのならそれも無理だろう。人間はしがらみの中で生きている。どんなに悪い縁でも、それを断ち切るのは難しい。

血煙が直接見張っていたのなら、いまは尾けられていないのだろうか。それともいまも監視下に置かれているのだろうか。

舟八に戻ると、ちょうど昼の休憩に入るところだった。

「おかえりなさいませ、お嬢様」

彩が駆け寄ってくる。

「血煙さんに話しかけられたわ」

「危なくはなかったですか」

「わたくしと金さんが好きみたいだったわ」

「でしょう。やはり思った通りです」

彩が大きく頷いた。

「足を洗ってくれないかしら」

「それは難しいでしょうね」

彩がきっぱりと言う。

「いままで数多くの人を殺しています。奉行所の面子《めんつ》だってあるでしょう」

「面子なの？」

「はい」

彩が頷く。

「善人なおもて往生《おうじょう》を遂《と》ぐ、いわんや悪人をや——というではないですか。たくさん人を殺している人間の方が、更生すると仏のようになるらしいです」

「彩は血煙さんに更生して欲しいと思う？」

「いいえ」

彩が首を横に振った。

「後でお嬢様につきまとって面倒なことになりそうですから、死んで欲しいです」

そこが理由なのか、とけいは思う。

「それはそれとして、血煙に襲われる準備をしておかないといけません。いま誠二郎に根回しをさせています」

「誠二郎さんに？　いつの間に仲良くなったの」

けいは驚いて彩の顔を見た。

「あのろくでなしの付き人としてはなかなか気の利《き》いた男ですね。坊ちゃんのために力を尽くそうとしているところも気に入りました」

「準備ってなにをしているの」

「押し込まれたときに、ひとが死なない準備です」

彩があっさりと言う。

「押し込まれる先がわかっているなら準備も簡単ですよ」

確かにそれはそうだ。思いがけないことさえ起きなければ、きっと無事にお縄にできるだろう。

押し込みの日はあらためて知らせが来ることになっていた。それまでの間、けいは舟八で待機する算段になっている。

それにしても、とけいは思う。

血煙の前で「熱いところ」を見せる機会はあるのだろうか。もしそうだとしたら、やはり練習をしておかないといけない。

これから命を懸けた捕り物が始まるというのに、口吸いの方が気になるというのは不謹慎な気がする。

わかってはいても、気持ちとしては止められない。

そして。

練習する間がないまま、その日は来た。

血煙の一味は三十人。集まっても音がまるでしない。緊張している様子もなかった。近所に買物に行きますというような日常的な気配である。

これが根っからの悪《わる》というやつなのだろうか。

血煙は特になにか言うわけでもなかった。

黙って二組に分かれる。よく見ると、どの男にも体のどこかしらに小さな蜘蛛《くも》の刺青が入っている。見事に統率がとれていた。

薬種問屋に押し込む組と、呉服屋に押し込む組に分かれて集まる。呉服屋組の方の動きは、けいにはさっぱりわからなかった。

薬種問屋組の方に例の十手持ちがいる。名は市蔵《いちぞう》というらしい。

落ち合った場所は、龍閑橋の下の川に浮かべた舟の中であった。屋形舟がしつらえてある。これなら多少は怪しまれるかもしれないが、不自然ではない。

「よし。もう半刻《はんとき》したら行くぞ」

血煙が声をかけた。

「待ってください」

十手持ちの市蔵が血煙に声をかけた。

「なんだ」

「そこの女が気に入らないんですがね。突然仲間に入ってきたってのも気分悪い。すまないが、そこの二人をばっさり殺《や》っておくんなさい」

「お前、俺の目利きに文句があるのかい」

血煙の顔色が変わる。

「そうじゃねえですが、なんのためにいるんですか」

「お前、薬の値踏みができるのか」

血煙が市蔵を睨《にら》む。

「できませんが、そんなのは後から売れる場所に持ち込めばいいでしょう?」

「高い薬を選《え》り分けないと、盗めねえじゃねえか」

血煙が言う。

「そうかもしれませんがね。危ない橋を渡りたくない。俺はそろそろ足を洗って普通の岡っ引きになりたいんですよ」

「どういうことだ」

血煙が詰め寄る。

「盗賊っていうのは、いつかは捕まるんだ。あんたたちは斬罪《ざんざい》なり磔《はりつけ》で済むだろうが、俺は違う。牢屋《ろうや》の中でむごたらしく殺されるんだよ」

「じゃあ、今回加わらなければよかったじゃないか」

血煙が言うと、市蔵は首を横に振った。

「今回大きな仕事だっていうからさ。最後に金を摑《つか》もうと思ったんだ。そしたら変なやつがいるじゃねえか。こいつらを斬らないなら俺は降りる」

市蔵が言う。

「さてはあなた、わたくしたちを奉行所に売りましたね」

けいも市蔵に詰め寄った。

「そんなことするわけねえだろう」

市蔵が反論した。しかし状況が状況なので声が震えている。

「声が震えてるぜ。兄さん」

金四郎がからかうように声をかけた。

「いきなり言われたら誰でもこうなる」

「そうかな」

血煙が市蔵を睨んだ。

「俺たちを売って、いままでの罪を帳消しにしようって魂胆《こんたん》じゃねえのか」

「俺がそんなことするわけないでしょう。俺は十手持ちなんですよ」

「十手持ちのくせに盗賊をやっているのだから、信用なんてできないでしょう？ 奉行所と二股膏薬《ふたまたごうやく》なのではないですか？」

けいに言われて、市蔵が黙る。

「思い当たるみたいですね」

けいが畳みかけた。

「そんなことはねえよ。仕方ない、もう俺は何も言いません。やりましょう」

「お前、本当に俺たちを売ったんじゃないだろうな」

「そんなことしませんよ」

血煙は大きくひとつため息をついた。

「まあいい。こんなときに仲間割れしちゃあ、上手くいくものも上手くいかなくなるからな」

血煙に言われて、他の者も納得した。市蔵ももう何も言わない。危ないところだったと、けいは胸を撫《な》でおろした。

市蔵は、疑われたこともあってか先陣を切っていく。

やや乱暴に裏口の戸を叩《たた》いた。

「お役目だ。ここを開けろ」

裏口の戸がわずかに開く。市蔵は戸の隙間《すきま》に十手をねじこんだ。

「見えるだろう？　さっさと開けろ」

戸が開くのがわかった。市蔵が乗り込んでいく。

「行くぞ」

血煙の号令とともに全員がなだれ込む。

店の中の戸は開け放してあったが、市蔵の姿がない。けいにとっても意外なことだった。

てっきり市蔵が仲間を出迎えるものだと思っていたのだ。

「市蔵はどうした」

血煙が不審そうに店の中をのぞく。

「店の中には誰もいねえ。市蔵もだ」

血煙が店の中に踏み込んだ。

「あいつ、本当に俺たちを売ったんじゃないだろうな」

そのとき呼子《よびこ》の音が鳴り響いた。

「御用だ！」

続いて誰かの声がする。

「なんだって」

外を見て、金四郎が驚いたような声を出した。

「なんでこんなに提灯《ちょうちん》が多いんだ」

確かに提灯の数が多い。どんなに大きな捕物でも、提灯の数が十に達することはまずない。にもかかわらず、二十近い提灯に囲まれていた。

「火盗改めも奉行所もいます」

けいは思わず声を上げた。

どういうことだろう。けいは確かに奥山には話していたが、奉行所とは話をしていない。それに、火盗改めにしても少々人数が多かった。

金四郎の緊迫した声がした。

はっと気がつくと、血煙が匕首《あいくち》を抜いている。

「こうなったら最後まで戦うぞ」

血走った目をしている。

「こいつは無理だよ」

金四郎が言った。

「人数が多すぎる」

「なんてこった」

血煙が唸《うな》った。

「巻き込んですまない」

血煙が頭を下げた。

「謝るなよ」

金四郎が苦笑する。

「岡っ引きなんか信じた俺がまぬけすぎだろう」

血煙が舌打ちする。

市蔵が裏切ったとは思えない。なにか仕掛けがあるのだろう。だが、いまはその仕掛けに乗っておくべきだ。

「御用だ」という声は近づいてくる。

「これはもうどうにもならねえな」

血煙がため息をついた。

その後ろから、子分たちが駆けつける。

「なにやってるんですか。あいつらをぶっ殺して道を開きましょう」

子分たちは殺気立《さつきだ》っている。

「おとなしくお縄につきましょう。その方がましです」

けいが言うと、子分たちが鼻で笑った。

「なんでお前にそんなこと言われなきゃいけないんだ。そんなことより、死にたくなかったらさっさと道を開けろ」

「もう、血を流す必要はないだろうよ。諦《あきら》めろ」

血煙が苛立《いらだ》った表情を金四郎に向けた。

「なに言ってやがるんだ。ここで戦わなかったら死罪だ。どうせ死ぬんだったら最後まで戦ってやるさ」

金四郎が腕を組む。

「悪党として死ぬのはやめようぜ。人間として死になよ」

金四郎の声は深い悲しみをたたえたような声だった。

その声に、血煙はなにか思い当たったようだった。

「俺はお前に嵌《は》められたのか?」

「そんなようなものだけどよ。お前、人殺しに疲れてたんじゃねえのか？」

金四郎に言われて、血煙は下を向いた。

「そうかもしれないな。俺はお前みたいになりたかったよ。あんないい女を女房にしてな」

それから少し考える。

「最後に熱いところを見せてくれ……って思ったけどやめるわ。かえってこの世に未練が残りそうだ」

そう言うと、血煙は匕首を捨てた。

そうして仲間に向き直る。

「俺のわがままでお前たちまで死ぬことになってすまねえ。腹いせに俺を刺したいと思うやつは刺していいぜ」

だが、子分たちは誰も血煙を刺そうとせずに匕首を捨てた。

「親分、お願いがあります」

「なんだ？」

「あの世でもう一度盗賊をやりたいと思ったら、声をかけてくれますか」

血煙は大きく頷いた。

「俺は死んでもお前たちの親分だよ」

その言葉に、子分たちが全員匕首を捨てた。

そのとき。

「火盗改めである」

奥山が先頭を切ってやって来た。金四郎とけいにも縄が打たれる。

「見事な手柄である。金四郎」

奥山が小声で言った。

「ありがとうよ。ところでこいつら全員死罪なのかい？　連中は罪を償《つぐな》ったら真面目に生きそうだけどな」

金四郎も小声で返す。

「それは俺にはわからねえな。下《した》っ端《ぱ》だからよ。だが一応、上にはそう言っておく」

「ありがとよ」

盗賊は全部で二十二人だった。本当に押し込まれたら、店の人間は一人残らず殺されただろう。金四郎がいくら強いといっても、この人数で襲いかかられたら勝ち目はない。

「では、全員お縄にする」

奥山が叫ぶと、この事件は終わりを告げた。

それにしても、市蔵はどこに行ったのだろう。それだけが疑問であった。

いずれにしてもけいには知る術《すべ》もない。

最後に見た血煙は、なんだかすがすがしい表情をしていた。

終章

「なあ、おけい。あれはなんとかならねえのか」

金四郎がぼやいた。

彩と誠二郎が、舟八で仲良く話している。どうやら二人は気が合うようだ。

「仲良くなってよかったですね」

けいが言うと、金四郎は複雑な表情になった。

「あいつはいいやつなんだが、俺のことを子供だと思ってるからな」

そう言うと、金四郎は大きくため息をついた。

「それにしても、あのとき店の中に誠二郎さんがいたなんて気が付きませんでした」

「まったくだ」

金四郎が肩をすくめる。

市蔵を出迎えたのは誠二郎であった。そして素早く市蔵を捕らえて店の奥に消え、市蔵が逃げたように見せたのであった。

そのおかげで万事上手《うま》くいった。

「血煙さんに熱いところが見せられませんでしたね」

けいが言うと、金四郎がにやりと笑った。

「いまからでも練習しようか」

「もう練習はいりません」

けいが言うと、金四郎がけいの肩に手を置いた。

「おけい、今日も相変わらず別嬪《べっぴん》だな」

「お金ならないですよ」

けいが先手を打つ。

「なんだよ。別嬪って言ったら金の無心だって思うのか。俺は純粋にお前のことを綺麗《きれい》だと思ってるんだぜ」

「では、今日はお金を貸してくれとはおっしゃらないのですね」

「それは言うけどさ。それとこれとは別なんだよ。別嬪の方は純粋な気持ちからの言葉ってことだな」

「そういうことをしゃあしゃあと言えるのは、随分と質《たち》の悪いヒモらしいですよ」

「お前、少しすれたんじゃねえのか」

「女は少し悪い方がいいと聞きました」

「そいつは嘘《うそ》だな。悪い女じゃない方がいいに決まってるだろう。昔のおけいは笑顔で金を出してくれたっていうのに」

金四郎が困った顔で腕組みをしたので、けいはつい噴き出してしまった。

「それって随分な言い草ではないですか。おとなしく金づるをやってろとおっしゃっているということですよ」

「そうじゃねえんだ。でも確かにこれだと俺が悪い男みたいだな」

「悪い男に悪い女でいいではないですか」

けいが言うと、金四郎は首を横に振った。

「いや、だめだ。悪いってのはいけねえよ。多少相手に甘えているのはいいけど、それ以上はだめだ」

「では、金さんはわたくしに甘えているのですね」

そう言うと、金四郎はばつの悪い顔になった。

「そんなこともねえけどよ」

「では、甘えてないのにお金を借りるのですか」

「なかなか厳しいことを言うな」

けいとしては、金四郎に「甘えている」と言って欲しい。しかし、金四郎はその言葉をどうも口にしたくないらしい。

押しすぎると嫌な女になるのだろうか。悪い女はいいが、嫌な女にはなりたくない。

どうしよう、と金四郎を見つめると、金四郎がやや顔を赤くした。

「甘えてるよ」

小声で言う。

「え？」

「だから甘えてるんだよ。何度も言わせるな。一回言ったからこれはもう言わないからな」

金四郎が語気を強めた。

「わかりました」

つい声が浮きたってしまう。

甘えてる。

そう言われるのはとても嬉《うれ》しかった。

「それでな……」

「はいはい。いくらですか」

「二分」

けいは自分の手文庫から二分金《にぶきん》を取り出すと金四郎に渡した。

「最近は繁盛《はんじょう》してるから、お給金も多めにもらっているのです」

渡すと、金四郎は大きくため息をついた。

「どうしたのですか？」

「いや、俺が悪いよな。どう考えても」

金四郎が神妙な顔で言う。

「何かあったのですか」

「いつまでも宙ぶらりんのまま、金だけせびってるみたいで気分が悪い」

「そうなのですか？」

これはもしや、と期待する。

「押しかけ女房見習いは少々いい加減だな」

「では、押しかけ女房でよろしいということですか？」

「まだ正式なことにはならないけどな」

「正式かどうかなど、どうでもいいのです。一筆書いていただければ」

けいはうきうきと立ち上がった。

「どうしたんでえ」

「三三九度の用意をしないといけません」

「いや、それは気が早すぎだろう」

そんなことありませんよ。

「だって、わたくし、金四郎様の妻ですから」

一〇〇字書評

切り取り線

購買動機（新聞、雑誌名を記入するか、あるいは○をつけてください）	
□（　　　　　　　　　　　　　　　　　　）	の広告を見て
□（　　　　　　　　　　　　　　　　　　）	の書評を見て
□ 知人のすすめで	□ タイトルに惹かれて
□ カバーが良かったから	□ 内容が面白そうだから
□ 好きな作家だから	□ 好きな分野の本だから

・最近、最も感銘を受けた作品名をお書き下さい

・あなたのお好きな作家名をお書き下さい

・その他、ご要望がありましたらお書き下さい

住所	〒				
氏名		職業		年齢	
Eメール	※携帯には配信できません		新刊情報等のメール配信を 希望する・しない		

この本の感想を、編集部までお寄せいただけたらありがたく存じます。今後の企画の参考にさせていただきます。Eメールでも結構です。

いただいた「一〇〇字書評」は、新聞・雑誌等に紹介させていただくことがあります。その場合はお礼として特製図書カードを差し上げます。

前ページの原稿用紙に書評をお書きの上、切り取り、左記までお送り下さい。宛先の住所は不要です。

なお、ご記入いただいたお名前、ご住所等は、書評紹介の事前了解、謝礼のお届けのためだけに利用し、そのほかの目的のために利用することはありません。

〒一〇一－八七〇一
祥伝社文庫編集長　清水寿明
電話　〇三（三二六五）二〇八〇

祥伝社ホームページの「ブックレビュー」からも、書き込めます。

www.shodensha.co.jp/bookreview

祥伝社文庫

金四郎《きんしろう》の妻《つま》ですが3

令和 3 年 6 月 20 日　初版第 1 刷発行
令和 3 年 7 月 30 日　　　第 3 刷発行

著　者　神楽坂《かぐらざか》 淳《あつし》
発行者　辻　浩明
発行所　祥伝社《しょうでんしゃ》
東京都千代田区神田神保町 3-3
〒101-8701
電話　03（3265）2081（販売部）
電話　03（3265）2080（編集部）
電話　03（3265）3622（業務部）
www.shodensha.co.jp

印刷所　堀内印刷
製本所　ナショナル製本
カバーフォーマットデザイン　中原達治

Printed in Japan ©2021, Atsushi Kagurazaka ISBN978-4-396-34624-9 C0193

祥伝社文庫の好評既刊

祥伝社文庫の好評既刊

西條奈加
御師弥五郎《おんしやごろう》 お伊勢参り道中記
無頼の御師が誘う旅は、笑いあり涙あり、謎もあり——騒動ばかりの東海道をゆく、痛快時代ロードノベル誕生。

西條奈加
六花落々《りっかふるふる》
「雪の形を見てみたい」自然の不思議に魅入られて、幕末の動乱と政に翻弄された古河藩下士・尚七の物語。

西條奈加
銀杏《ぎんなん》手ならい
手習所『銀杏堂』に集う筆子とともに成長していく日々。新米女師匠・萌の奮闘を描く、時代人情小説の傑作。

葉室　麟
蜩ノ記　ひぐらしのき
命を区切られたとき、人は何を思い、いかに生きるのか？　大ヒットし数多くの映画賞を受賞した同名映画原作。

葉室　麟
潮鳴り　しおなり
『蜩ノ記』に続く、豊後《ぶんご》・羽根《うね》藩シリーズ第二弾。〝襤褸蔵《ぼろぞう》〟と呼ばれるまでに堕ちた男の不屈の生き様。

葉室　麟
春雷　しゅんらい
「〝鬼〟の生きざまを通して〝正義〟を問う快作」作家・澤田瞳子。日本人の凜たる姿を示す羽根藩シリーズ第三弾。

祥伝社文庫の好評既刊

葉室　麟
秋霜《しゅうそう》
「厳しい現実に垂らされた〝救いの糸〟のような物語」作家・安部龍太郎。感涙の羽根藩シリーズ第四弾！

葉室　麟
草笛物語
〈蜩ノ記〉を遺した戸田秋谷の死から十六年。蒼天に、志燃ゆ。泣き虫と揶揄される少年は、友と出会い、天命を知る。

五十嵐佳子
読売屋お吉　甘味とぉんと帖
菓子屋の女中が、読売書きに転身！まっすぐに生きる江戸の〝女性記者〟を描いた、心温まる傑作時代小説。

五十嵐佳子
わすれ落雁《らくがん》　読売屋お吉甘味帖②
新人読売書きのお吉が出会ったのは、記憶を失くした少年。可憐な菓子を手掛かりに、親捜しを始めるが。

五十嵐佳子
かすていらのきれはし　読売屋お吉甘味帖③
新しい絵師見習いのおすみは、イマドキの問題児で……。後始末に奔走するお吉を、さらなる事件が襲う！

有馬美季子
はないちもんめ
口やかましいが憎めない大女将・お紋、美貌で姉御肌の女将・お市、見習い娘・お花。女三代かしまし料理屋繁盛記！

〈祥伝社文庫　今月の新刊〉

五十嵐貴久
ウェディングプランナー
夢の晴れ舞台……になるハズが!?　恋にカップルに翻弄されるブライダル&お仕事小説。

西村京太郎
十津川と三人の男たち
特急列車の事故と連続殺人を結ぶ鍵とは?　十津川は事件の意外な仕掛けを見破った――。

梓林太郎
倉敷　高《たか》梁《はし》川《がわ》の殺意
拉致、女児誘拐殺人、轢き逃げ。すべては岡山倉敷へ通じていた。茶屋次郎が真相に迫る!

大門剛明
この歌をあなたへ
家族が人殺しでも、僕を愛してくれますか?　加害者家族の苦悩と救いを描いた感動の物語。

岩室　忍
初代北町奉行　米津勘兵衛　満月の奏《そう》
〝鬼勘〟と恐れられた米津勘兵衛とその配下が、命を懸けて悪を断つ!　本格犯科帳、第二弾。

神楽坂淳
金四郎の妻ですが 3
「一月《ひとつき》以内に女房と認められなければ、他の男との縁談を進める」父の宣言に、けいは……。